東京往事

DONGJING WANGSHI

赵声良 著

读者出版传媒股份有限公司
甘肃教育出版社

图书在版编目（CIP）数据

东京往事 / 赵声良著. -- 兰州 ：甘肃教育出版社，2018.7

ISBN 978-7-5423-4368-0

Ⅰ. ①东… Ⅱ. ①赵… Ⅲ. ①散文集—中国—当代 Ⅳ. ①I267

中国版本图书馆 CIP 数据核字(2018)第 140091 号

东京往事

赵声良 著

出 版 人 马建东
责任编辑 董宏强
装帧设计 陈晓燕

出 版 甘肃教育出版社
社 址 兰州市读者大道 568 号 730030
网 址 www.gseph.cn E-mail gseph@duzhe.cn
电 话 0931-8773136（编辑部） 0931-8773056（发行部）
传 真 0931-8773255
淘宝官方旗舰店 http://shop111038270.taobao.com

发 行 甘肃教育出版社 印 刷 兰州人民印刷厂
开 本 890 毫米×1240 毫米 1/32 印 张 9.5 插 页 3 字 数 190 千
版 次 2018 年 8 月第 1 版
印 次 2018 年 8 月第 1 次印刷
印 数 1~2 000
书 号 ISBN 978-7-5423-4368-0 定 价 46.00 元

目录

上篇

目录

下篇

序

我刚到敦煌的 1984 年，是绝不会想到将来会到外国留学的事。那时只是凭着一种单纯的想法，到敦煌来作一点研究。然而，研究并不是一件简单的事。上大学的时候，对学问这件事，其实也没有好好考虑过。以一个本科生的水平来做敦煌学这样博大精深的学问，现在看来是何等的不自量力啊。但在当时，似乎不会有人这样想，因为那时大学生还是十分珍稀的“物种”。

我在敦煌努力地调查洞窟，饱读佛经与历史。工作第三年发表了第一篇论文，接下来每年发表一篇论文。但是在工作了七八年之后，尤其是参加了几次国际性学术会议之后，我开始强烈地感觉到自己大学的那点底子已经快用光了，在学术研究的方法和学术眼界等方面的局限越来越突出。因此，再继续深造读书的想法越来越强烈地萦绕在心头，挥之不去。但在那个年代，工作了几年的人要再读书，免不了受到各种限制。几经周折，到处碰壁。我的读书梦依然只在梦中。

由于时任东京艺术大学校长平山郁夫的支持，敦煌研究院从20 世纪 80 年代开始每年派人到东京艺术大学做访问学者，进行学术交流，我有幸于 1996 年被派到东京。对于我来说，这是一个很好的机会。既然在国内没有机会深造，在国外的机会我就不能放弃。所以我努力学好日语，争取在日本正式考入研究生院，攻读硕士和博士课程。功夫不负有心人，在公派的访学结束后，我顺利考入了成城大学研究生院。

即使这样，读书也不是一帆风顺的。在我之前也有一些人作为公派访问学者到了结束的时间没有回国的情况，有的还被开除了公职。但我想自己的目的只是读书而已，如果一定要把我开除公职，也在所不惜了。那时，给樊锦诗院长写了一封信，只是希望她能理解我想在学术上深造这种心情。我说："如果院里必须把我开除，那就按照先例办吧，我无所谓了。"但是樊院长没有开除我，她也是个学者，她能体会一个年轻人的求学之心。

在日本自费读书面临着诸多困难。我已经不是二十来岁的年轻人了，既要打工挣钱，又要读学位，手脚也不是那么自如。但一切都得咬着牙拼着，想着在国内翘首以待的家人，如果不能取得好的成绩，如何见江东父老？

留学七年就在努力地拼博与焦急地期待之间不知不觉地走过了。但在种种艰苦之中，我也感受到了许多老师的关爱和友人的帮助，使我的人生展开了另一个世界。人和人的心灵沟通，也许是跨越国界的。在日本，我遇到了非常好的老师，他们对我的关爱与无私的帮助，使我终生难忘。在我最艰苦的日子里，西村先生毅然伸出援助之手，愿意做我的经济担保人，使我得以继续留在日本读书。恩师东山健吾先生、佐野绿先生的指导，使我在学业上取得突飞猛进的发展，确立了我在此后的学术道路。还有一些学术界的前辈，如上原和先生、池田温先生等，他们在做人和做学问上的精神与品格，也成为我终身学习的楷模。此外，还有砂冈和子老师、中平章老师以及学长八木春生、久野美树等都在生活上给予我帮助，在精神上激励我奋进。因为有了他们，我的留学生活又增添了几分诗意。

虽然留学期间一个中心任务是在专业上的学习，但生活在这样一个环境，总得要了解它的文化和历史。一种天然的好奇心促使我去了解那些自己过去完全不知道的世界。那时，我在一家中文报纸打工，负责一个栏目的版面，就是要向中国留学生介绍日本文化。于是我读了很多关于日本文化的书，走访了很多古迹和博物馆。写文章对日本的茶道、花道、神道、庭园乃至于洗浴等方面进行介绍。

日本与中国有一千多年交往的历史，日本长期受到中国文化的影响和薰陶，至今，他们的衣食住行无不渗透着几分中国古老文化的影子。然而，日本文化又不同于中国文化，有它的独特之处。作为近邻，长期以来我们过分关注的是日本文化与中国文化的共性特征，而忽视了它的个性特征，实际上大部分中国人对日本文化并不熟悉。也许本书的某些文章会有助于人们了解日本文化的一些特点吧。

用一句流行的话来说：“往事并不如烟。”东京的往事像一段梦境，时时萦迴在心中，对我的学术研究乃至生活的诸多方面产生着深刻的影响，也促使我把这些林林总总的文章收集起来，与朋友们分享。这本书中的很多文章是我在东京生活期间写成并发表过的，也有少数文章是回国后写的回忆。集成这本书时，书中相关联的人物有的已经作古，如藤枝晃先生、上原和先生均已去世。东京的好友最近发来东山健吾先生躺在病榻的照片，令人感到人生的短暂。初次出国时，中国的经济发展还很落后，而今中国的经济形势则可以说是发生了天翻地覆的变化。世事沧桑，时代变化之快，或许会使本书增加一点历史感吧。

谨以此书献给曾经帮助我支持我的老师和朋友们！

书中照片未加注明的都是作者所摄，友人夏瑛、简佩琦、黄丽平、孙粹、武琼芳提供了部分从日本拍摄的照片，特别是经夏瑛联系，得到日本东映公司授权，采用了电影《燃烧吧青春》主角小鹿纯子的两幅剧照，荒木由美子也提供了与本书作者的合影照片，为本书增色不少。马玉华帮助绘出了日本花道部分的示意图，甘肃教育出版社孙宝岩先生、董宏强先生为此书的编辑出版付出了很大的努力。在此向以上各位女士、先生表示衷心的感谢！

上篇

奈良印象

在日本，秋天被称作艺术的季节。在这秋高气爽、红叶竞艳的时节去欣赏艺术品，当然是非常惬意的事情。而文化都市奈良便因此而富有了特别的魅力。奈良在公元 710 至 784 年是日本的首都，这个时期被称为奈良时代，这时也是中国唐代文明的高峰时期，日本从政治制度到文化艺术都全面学习唐代，为日本文化的发展奠定了基础。当时奈良叫平城京，它的都市建设也是完全模仿中国的长安来建的，至今奈良不仅有平城京的遗址，还保存了大量的 8 世纪以来的古老文化遗迹和文物，所以日本人常常把奈良比作中国的长安。

初到奈良，感到与东京的气氛完全不同。城市很小，很安静，甚至国立公园的鹿也时常逍遥地漫步在大街上。奈良市的东侧，可见树木茂盛的春日山，在山脚下有著名的春日大社和东大寺等众多寺院。这一片区域现在是奈良国立公园的范围。始建于 743 年的东大寺是日本最古老的寺院之一，以它规模宏大的建筑群和雕塑著称。由奈良公园往北，首先映入我们眼帘的是东大寺的南大门（建成于 1199 年）。它由 18 根高达 20 米的木柱支撑起来，宽 30 多米，深 10 多米，是日本国宝级建筑。南大门两侧 8 米多高的金刚力士，威武雄健，是镰仓时代（13—14 世纪）著名雕刻家运庆和快庆的代表作之一。进入南大门，沿着宽阔的参道前进，一泓清水的后面，回廊环绕的金殿就展现在我们眼前。金堂正面

▼ 奈良公园的鹿

▶ 奈良东大寺

七间，两重屋檐，宽 60 米左右，深 50 多米，被认为是世界上现存最大的古代木构建筑。金堂内供奉着高 15 米的铜铸卢舍那佛像，这是日本第一大佛，所以金堂也称大佛殿。大佛庄严慈祥，结跏趺坐于莲座上，巨大的铜铸莲瓣上，也一一刻出佛说法的情景，线刻手法与唐代长安的大雁塔石刻非常相似，正是唐代艺术风格影响的结果。佛的两旁有两身菩萨铜像，大佛殿里还陈列着当年东大寺的复原模型，可以想象这座古代名刹当初的辉煌盛况。出佛堂往东，沿山坡而上，这一带还有东大寺所属的二月堂、三月堂等名胜。其中三月堂（也称法华堂）里面供奉着不空羂索观

◀ 东大寺金刚力士像

▲ 兴福寺五重塔

音、帝释梵天、四大天王等像，都是奈良时代以来佛教雕刻的优秀作品。说起雕刻，东大寺西北角的戒坛院有四大天王像；春日大社南侧的新药师寺，有药师十二神将等国宝级的雕刻作品，体现出在唐代艺术直接影响下的日本佛教美术的成就。

出东大寺往西南，在古木苍苍的树林后面隐隐可见一座五重塔，这就是著名的兴福寺五重塔。佛教的塔有三级、五级、七级、九级、十三级等等，在日本唯独五重塔倍受青睐，很多有名的大寺都建五重塔，著名的如法隆寺、室生寺等寺院的五重塔，都定为日本的国宝。想当初兴福寺也曾是十分繁荣兴旺的，与东大寺等同为奈良六大寺院之一，而今除了五重塔以外，仅存一座殿堂了。现在于兴福寺遗址上建立了国宝陈列馆，里面展示着兴福寺雕刻和其他文物，尤其是八部众神立像及十大弟子像造型生动，技法圆熟，富有感染力。如一身阿修罗的木雕曾使多少日本观众为之倾倒，被称为日本的“美男子”。而在众多的宝物中还有几件是当初传自中国的，如铜造镀金雕刻精美的华严磬等，令人感到唐代文明无处不在。

▼ 春日大社

兴福寺的西侧，奈良国立博物馆就耸立在绿草丛中。博物馆的旧址是西洋式建筑，近年又建起了新馆、喷水池、庭园等，使这座现代化建筑充满了浓厚的日本文化情调。现在，“正仓院展”正在新馆展出。奈良国立博物馆虽然规模比不上东京和京都两大博物馆，但却以一年一度的“正仓院展”以及其他古代艺术作品吸引着大量的游客。前来参观的人们摩肩接踵、络绎不绝。当你亲眼看到这些历史悠久、无比珍贵的文物时，就会理解这种踊跃参观的心情了。正仓院本是东大寺存放宝物的仓库，6世纪后期以来，日本的遣隋使、遣唐使等从当时的中国带回了大量的物品，充实了日本皇家收藏。756年圣武天皇驾崩，光明皇后为了给天皇祈福，把天皇生前喜欢的600多件宝物送给了东大寺，作为对卢舍那佛的供奉。这便是正仓院的最初藏品。此后又不断地接受来自皇室以及佛教活动供奉的物品。这些宝物由于历代都由皇室主管，所以正仓院实际上就是皇家博物馆，它的地位相当于中国的故宫博物院。1880年以后，正仓院开始向一般民众开放。1946年奈良国立博物馆正式举办了第一次“正仓院展”。以后，除了有两次是在东京举办外，每次都是在奈良国立博物馆展出的。每年的展品大部分都与上一年展出的不同，尽管如此，正仓院还有大

▶ 正仓院藏胡瓶

量的藏品尚未公开过。

今年（1998年）的“正仓院展”展出的宝物也十分令人激动。如一件唐代的漆胡瓶，瓶的上部作凤首形，瓶上有银嵌山岳、花卉及动物纹样。同时展出的还有一件玻璃制胡瓶，造型与上述胡瓶一致，反映了西亚及中亚文明对中国的影响。之所以称作胡瓶，就是因为它的型制是仿照中亚的波斯等民族风格而制作的。中国古代凡外国的东西都称胡，而唐代尤其喜欢胡人的东西，像什么胡乐、胡舞、胡服等等。鲁迅先生曾说过：唐代大有胡气。大凡一个开放的国度，对于外来文化的接受是没有什么限制的。唐代的胡瓶又东传日本，表明当时世界文化交流是多么地活跃。

两件近乎方形的石雕，上面分别雕出青龙、白虎、朱雀、玄武，这是中国古代所谓镇守四方的四神。除此之外，展品中还有雕刻着十二生肖的方形石雕。但目前学者们对这些石雕的用途不甚了解。展品的说明牌上写着“镇纸”，但要用这些比砖头还大的石头作“镇纸”，多少有些不合情理，或许是古代建筑中墙壁的装饰吧。

屏风画，在正仓院的宝物中是极负盛名的。像树下美人图的

▲ 紫檀木画槽琵琶

► 琵琶捍拨部分的山水画

屏风画在日本差不多是人人皆知的。这次展出的夹缬屏风画，画面为树下有两只相对而立的小鹿，令人想起自古以来在春日山中生息、繁衍的那些可爱的鹿。唐代传入日本的铜镜很多，这次展出的山水纹铜镜，中央是水纹，四面刻画山岳，山中有野兽出没。这是唐代较为流行的山水形式。正仓院的琵琶向来是很有名的。从音乐史上看，8 世纪的乐器保存至今的十分罕见。另外，这些乐器上的绘画和装饰工艺在美术史上占有极其重要的地位。展出的紫檀木画槽琵琶，在捍拨部分画出山水人物画，左侧画峻峭的山崖，山下有激流；远处绘原野，近处表现骑马射猎的场面。在山脚下的树丛中，则是宴乐的场面。画面在红底色上以黑色描绘人物，通过山水景色与人物活动表现出风景的远近关系，同时还通过动与静的对比使画面生机勃勃。

此外，正仓院展还展出了一些染织、刺绣、漆器等工艺品，虽说出品不多，却件件都是精品，其中不少是直接从唐朝传来的物品。使人在惊叹宏大的唐代文明的同时，也对日本这样一个善于保存古物的国度感叹不已。

在兴福寺南面，过了猿泽池，有名的元兴寺等寺院的遗址就在这附近。这一片地方保存着奈良过去旧街区的样子。与东大寺一带的热闹形成鲜明的对比，寂静的街道两旁都是古色古香的房屋，偶尔可以听到秋风的沙沙声和红叶飘落的哗哗声。住在奈良的日本朋友陪我到这里散步，并访问了住在旧式“长屋”的普通人家。漫步在这狭窄的小街，遥想一千年前人们那种对佛教的虔诚，以及与大自然和谐相处的精神，你会忘记现代化社会带来的喧嚣与紧张感，从而获得短暂的愉悦与松弛。奈良的朋友总是谦逊地说：我们奈良很小。是的，奈良确实不大，但是，当你看到成百上千的汽车长时间地堵在东京附近的高速公路上，当你在新宿车站拥挤的人流中艰难地寻找着自己的方向，当你匆匆行走在摩天大楼下窄窄的马路时，你会感到奈良其实是多么辽阔。

（原载《东方时报》1999年1月20日、27日）

长野之秋

刚到日本的第一年，我有幸参加了由长野县日中友好协会主办的民宿活动，日语中“ホーム·ステイ”这个词就是指让学生们到普通的人家住上几天，体验生活，实际上翻译作“民宿”也不确切，但还想不出有更好的词儿。

日本是一个岛国，大部分地区都可以通到海岸，但也有一些内陆地区，长野就是一个完全内陆并以山区为主的县。长野一带在日本古代叫信州，现在仍然有不少人把长野称为信州。我们去的地方是长野中部的下伊那郡。我住在一位叫唐泽的先生家，他们家跟大部分日本的家庭一样是一栋二层小楼，比起东京的人家来，真是感到非常宽敞了。我第一次住进日本人的家，充满了无比新鲜之感。在这里我了解到了日本房屋内的陈设及称作“ふすま”的隔墙，通过ふすま可以把房间隔成好几间小屋子。在房间内可以跟据需要关上或拉开，要是全部拉开，就成了一个大房间。这样的办法据说是因为夏天很热，为了便于随时拉开透风，而冬天则需要关上。除了木头的框架以外，都是用纸糊的，所以很轻巧。主人家的长子叫唐泽辙，已经参加工作三年了，正在学习中文。我问他为什么要学中文，他说：因为喜欢呗！他为我背诵了一段唐诗，“床前明月光，疑是地上霜，举头望明月，低头思故乡”。于是，那天晚上，我操着很蹩脚的日语，他则时不时冒出几句同样蹩脚的汉语。我们竟然一起大谈曹操与孔明，他说他很喜欢《三国演义》。

后来的两天，由日中友协的负责人陪我们去游园原和天龙川，那时我认识了中平章先生。中平章先生退休以前是一个小学教师。他说他父亲在 20 世纪二三十年代曾在上海工作过，因为反对日本的侵略行为，就在日本侵华战争前回到了国内过着平淡的生活。中平先生在大学时代是学国文的，对古代文学有着特殊的爱好，特别对于唐代文学有浓厚的兴趣。我们一路上聊的差不多都是李白、杜甫之类的话题。

在长野的中部有一条河叫天龙川，从中央阿鲁普斯山脉向南流向大海，从高山区到临海地区落差很大，水流汹涌。我们的小船随着波浪飘摇，两岸奇峰异石，层出不穷，船家熟练地撑着篙，在激流中穿梭，时时有浪花溅到船中，险要时也令人心惊胆战。

▲ 天龙川风光

这时中平章先生吟出了“朝辞白帝彩云间，千里江陵一日还”的诗句，使我们都很振奋，也很敬佩他作为一个日本人能对中国文学这样熟悉和喜欢。

分手的那天，中平章先生对我说：“这次你没有住到我的家，很遗憾，等到红叶红的时候，请你一定到我家作客。”回到东京后，仍然很怀念天龙川，不能自已，于是作诗两首，一首赠下伊那日中友好协会：

八月信州道，中岳独巍然。绿茵随野尽，溪流且潺湲。

意气松风起，情溢天龙川。悠悠学子心，友谊万里传。

另一首赠中平章先生：

朝辞长野原，船下天龙川。浪急涌峭壁，涛飞光潋滟。

岸侧观垂钓，舟中谈古典。芭蕉今何在，水声犹依然。

【注】

中岳：是指中央阿鲁普斯山。也是日本中部最高的山脉。

▲ 中平章先生（右一）和留学生们在天龙川

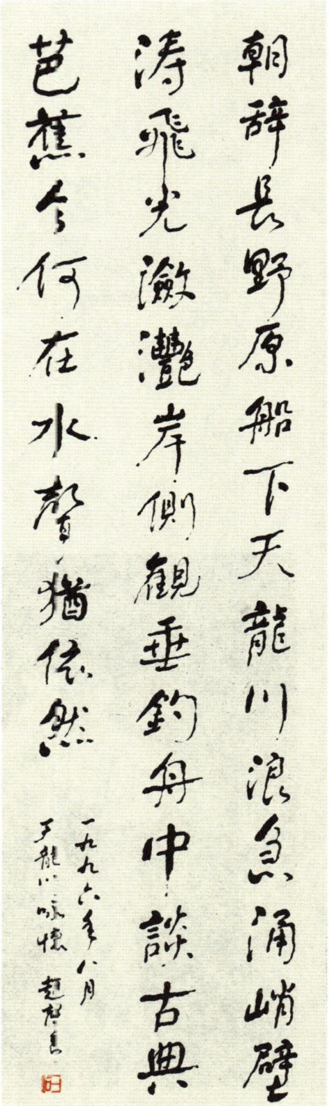

▶赠中平章先生诗

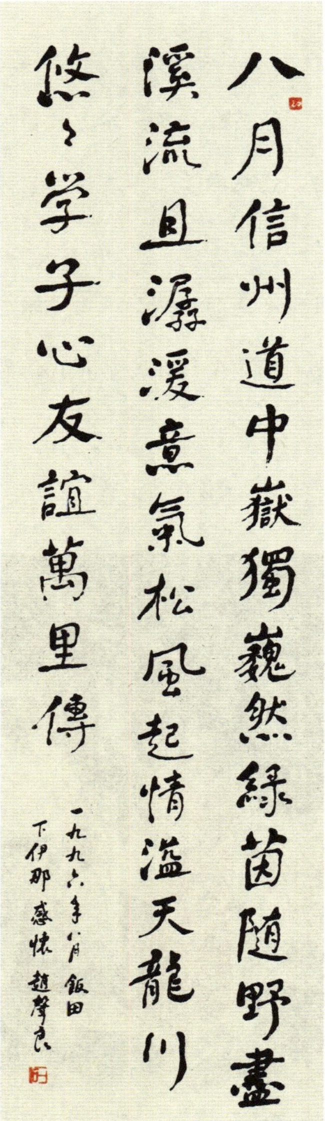

▶赠下伊那日中友好协会诗

长野原：天龙川上游的地名。

芭蕉：指日本江户时代俳句诗人松尾芭蕉。

水声：松尾芭蕉最有名的一首俳句：古池や、蛙とびこむ、水の音。大意为：“古老之水池，青蛙跃入，水之声。”描写一种寂静的气氛。这里用水声代表芭蕉的诗意。

这年秋天，在中平章先生的再三邀请下，我又来到了长野县南部的松川。细雨蒙蒙中，中平先生开着车到车站接我。雨中的松川，远处云山相连，像一幅水墨画一样。

晚饭时，中平先生特意邀请邻居小木曾千春一起聊天。小木曾虽然是个家庭主妇，但是她对中国文化十分喜爱，也读过很多唐诗（当然是用日文读本来读的）。饭后，和中平先生一起到了一处露天温泉，这是我第一次体验日本式的温泉。从室内走出，有一座像凉亭一样的木构建筑，下面就是露天温泉，一直通向一片岩石。全身浸泡在冒着热气的水中，头枕着凉爽的岩石，仰望满天的星斗，真是说不出的心旷神怡。望着水中反射的月色，我对中平先生说：“你记得‘明月松间照，清泉石上流’的诗句吗？”先生笑道：“是啊是啊，这不是王维的诗吗？诗中描写的不就是我们现在的景象吗？”

当晚住在中平章先生家和式的小楼里，在窗外秋虫的鸣唱声中进入梦境，多少年生活在城市的喧闹中，似乎在记忆中渐渐淡漠了的那种与自然融为一体的恬静的感觉，在这异国的乡村里又再次被唤醒，竟是那样地清晰。

▲ 中平先生家的柿树

▲ 中平先生和夫人在长野

清晨醒来，听得窗外吱喳的鸟叫声，走到阳台上，远处的阿鲁普斯山及天龙川沿岸的景色尽收眼底。中平先生的家在一片果园的旁边，那是中平先生的果园。在晨曦中，树上的柿子焕发出金黄色的光芒。中平先生得意地对我说：“你看那些鸟都跑到我的果园里来吃柿子，这是因为我种的柿子比周围的都甜。”这时我才注意到，邻里的几家果园，还真的没有几只鸟。

这一天，中平先生夫妇开着车，陪我沿着秋色染红的山路来到了古老的木曾川。这里是日本江户时代的所谓中山道所经之处。在一个叫做妻笼的地方，还保持着一百年以前的街道景色。可以看到古代木建的房屋，沿街的商店，路边的水车小屋。古色古香的街道仿佛是历史电影中场景的再现，使人不相信这是在现实世界中。

当我们依依不舍地相互告别时，中平先生郑重地送给我一件礼物，这是一块木板上用不同的色块按日本都道府县拼成的日本地图。他说：“这是我们这里的学生们做的，送给你，希望能记住日本。日本过去侵略中国，我很难过，我希望更多的人为日中友好而努力！”

我接过这件不同寻常的礼物，感慨良多。我一直以为中平先

▲ 妻笼旧街道

▲ 木曾秋色（粉笔画　赵声良绘于 1997 年）

生是一位像陶潜一样清高的隐士，在风景优美的乡间，读点文学书，过着知足长乐的生活。没想到他对他的国家有着这样深厚的感情。这种朴素而执着的爱国之情使我深为感动。

回到东京，时时想起在长野与中平先生相处的日子，十分怀念。因作诗二首寄给中平先生：

其一

潇潇信州雨，濛濛雾中山，

故人邀我游，相逢不道远。

葡萄垂后庭，果木列堂前，

夜来菊花香，梦萦在桃园。

其二

木曾古道今何在，妻笼十里路盘桓，

千山红叶竞秋色，百年市街诉沧桑。

昔时水车犹自转，熙熙店铺古风存。

但得三野树长绿，不枉清溪流蜿蜒。

那以后，再没有机会去长野了。但在与中平先生不断地通信中，得知他又主动为两名中国留学生作担保。用他的话说，就是以他微薄的力量帮助中国的留学生。

（原载《华风新闻》1999年11月11日）

在京都过年

大约是受到了川端康成的影响吧，每想到京都，总是感到一种既古老而令人惆怅的繁华，又充满了宁静而凄清之美。这次京都之行，更加深了这种特别的感受。

日本朋友邀我去京都过年。在暮色苍茫中，我们来到了这个著名的古都。京都城东，湍急的鸭川自南向北流过，河东面有著名的清水寺等众多寺院，以及墓地。河的西岸则是从前普通庶民的繁华市街。朋友告诉我，自古以来，这一川相隔，俗界和僧界划然分开。不过，现在“俗界”发展早已延伸到鸭川的东面。

出了地铁四条河原站，我们来到了鸭川西岸熙熙攘攘的街头，远远可见河那边豪华气派的歌舞伎“南座”，它的历史比东京银座的歌舞伎座还要古老，只可惜过年休息，没法欣赏京都的歌舞伎了。从大街转入小巷，我们来到一个叫作先斗町的胡同。这个宽度仅有 2 米的小巷，竟也热闹非凡，街两侧都是日本传统式的木建房屋。正所谓“酒香不怕巷子深”，来这里的客人，一方面是来

▲ 京都的旧街道

品尝这里风味独特的料理，一方面也是来领略这古色古香的小街气氛。在和式榻榻米的房间，一边品尝着日本料理，一边看着窗外鸭川的波光映出那华灯璀璨的京都夜色，遥想当年川端康成所见的古都，会是何种模样？

除夕之夜，日本人都要去寺院参拜，称作“初诣”。东山的知恩院是非常有名的寺院，接近子夜时分，成千上万的人开始涌向知恩院，穿过山门，便沿山坡拾级而上，虽说人多，却也井然有序。而且令人吃惊的是十分安静，全然没有中国过年时的那种嘈

杂、喧闹的热烈气氛，不免感到有些清冷。钟楼在山坡的最高处，人们耐心地排着长队，等候着一睹寺院和尚们撞钟的盛况。雨却在不知不觉中落了下来，我抬头一看，不是雨，朦胧的月色中分明是银色的雪花纷纷扬扬地飘了下来，我跟朋友说：中国有句俗话说，瑞雪兆丰年，今年一定是个好年头吧！

远处隐隐已听到悠扬的钟声及和尚们的号子声了。佛教认为，人生有 108 种烦恼与痛苦，所以每年除夕午夜（日本人把 12 月 31 日称为除夕日。除夕晚上日本人称为“除夜”），随着寺院里敲响 108 下钟声，就把这些烦恼驱除干净了。于是，到寺院里撞钟，或者看别人撞钟，就成了日本人过年不可或缺的内容。平日冷清的寺院也因此增添了几分热闹。而知恩院是由本寺僧人按一定的规矩进行的撞钟活动，就特别吸引人。他们穿着特别的服装，由一人指挥，大家共同喊着号子，有节奏地一下又一下，撞出深沉而浑厚的声音。

咣——咣——

这伴随着岁月流逝的钟声，弥漫了除夕之夜，弥漫了夜的京都。

（原载《东方时报》1999 年 2 月 17 日）

龙谷大学与读书班

在东京艺术大学做访问学者，有一笔经费是可以外出作学术考察的。东京以外，京都和奈良就是我最向往的地方。于是就决定在暑假去京都和奈良。虽说是外国人，日语也不算好，但在日本其实很方便，大部分车站都是用汉字，买东西、交通、住宿应该也没有问题。我和另一位在东京艺术大学做访问学者的同事就约好一起去京都。

我们先去学校，向负责指导我们的田口荣一先生请假。田口先生知道后，十分关切，他问了我们一些想法和准备的情况，觉得非常不放心，决定陪同我们去京都。虽然有新干线，从东京到京都也就是两个多小时，但我也知道作为大学教授时间是十分宝贵的，觉得十分过意不去。但田口先生坚持要去，他为我们设计了一个十分周密的日程表，并仔细地安排了我们在京都和奈良的住宿，告诉我们买哪一趟火车的车票。要是按我们的习惯，像东京到京都这样每一个小时甚至每半小时就有一趟车的情况，临时到跟前买张火车票就走了，何必这样分分秒秒地计算呢。但田口先生的担忧正是这样，他要把一些意外都排除，每一件事情都要按照预定的日程表进行，这大约就是日本人的风格吧。

在去京都以前，我们还联系了石塚晴逓先生。其实，在敦煌召开的国际学术会上就已认识了石塚晴通先生。但毕竟那时日语也不好，无法跟他交流。后来到了东京，就开始通信联系。石塚先生是一位严谨的学者，每有信必回。石塚先生知道我想去京都，就建议我参加他们在龙谷大学的读书班活动，还可以看到敦煌写本。他跟我讲，每个月他都要从北海道乘飞机到京都一趟，就是为了参加著名敦煌学专家藤枝晃先生组织的读书班活动。那时，藤枝先生依托龙谷大学每月搞一次小型的读书班活动，参加者大多是藤枝先生的弟子，包括石塚晴通先生，还有后来任龙谷大学校长的上山大峻先生、京都博物馆的赤尾荣庆先生等等。还有一些我没记住他们的名字。

于是，我们去京都的时间就安排在藤枝晃先生研究班的时间段。那时不太了解日本的情况，也没想到这样的读书班有多重要，而田口荣一先生知道了此事，他也非常想去参加藤枝晃先生研究小组的活动，就特别托我跟石塚先生联系，请求参加这次活动。

我当时心想：田口先生也是名牌大学的教授了，为什么还要托我这个年青人来联系此事呢？后来才知道，像藤枝晃先生这样的大学问家组织的研究小组，并不是谁都可以参加的。当然田口先生也获准参加了这次学术活动。

在田口先生的陪同下，我们顺利到达了京都。从京都车站出来，穿过古色古香的街道，似乎也走了不短的距离，就来到了著

▲作者与田口荣一先生在京都平等院

名寺院西本愿寺，龙谷大学就在这个寺院里。

田口先生向龙谷大学的图书馆管理人员说明情况后，不久，一位中年学者出来迎接我们，原来是上山大峻先生。在上山先生的引导下，沿着走廊进入到一楼的一个大房间，只见藤枝晃先生安坐在一把靠背椅上，见我们进来，藤枝先生拄着拐杖站了起来，

▲ 西本愿寺（孙粹摄）

▲ 西本愿寺唐门

用汉语和我们打招呼。其时，藤枝先生已八十五岁高龄，但还精神矍铄，话音清晰。他知道我是从敦煌来的，就特别高兴，他曾经在1987年来过敦煌，留下了非常美好的印象，他很关心敦煌研究院的状况，不断地向我询问敦煌石窟保护的现状，问起他熟悉的敦煌学者如段文杰、施萍婷、贺世哲等先生的情况。我一一回答了他的问题。他又将我再次介绍给在座的学者（其实一开始石塚先生已经向大家介绍了我们），要他们关照我们。接下来，在藤

▲龙谷大学读书班（前排右侧为藤枝晃先生，左侧为赤尾荣庆先生，后排右四为石塚晴通先生、右六为上山大峻先生、右二为田口荣一先生）

枝先生的指引下，京都博物馆的赤尾荣庆先生和石塚晴通先生小心翼翼地展开了一个十分精美的唐代写经，大家一边看写卷，一边从不同的角度：佛经内容、文字（异体、别体字）、书法、纸质、墨色等方面，分别发表自己的看法。特别是在写经中偶有新发现，就会引起大家的兴趣；对个别字的写法，某些词句的用法，甚至某处修改的痕迹，都会引起大家的讨论。气氛轻松而又充满浓厚的学术气息，一个下午不知不觉就过去了。作为晚辈的我只是旁听了这次研究班的活动，感受到学者们严谨的治学精神。

龙谷大学是一所佛教大学，学校的图书馆收藏有不少敦煌写经，就是当年日本的大谷探险队从敦煌拿走的东西。20 世纪初，日本大谷光瑞派出探险队到中国的新疆、敦煌一带收集文物，1911 年前后，探险队的吉川小一郎到敦煌一带收集藏经洞出土的写本，获得数百件带回日本。包括敦煌写本在内的文物现在主要存放在大谷大学、龙谷大学。京都就有一批学者在研究敦煌文献，藤枝晃先生从京都大学退休后，和他的弟子们常常聚集在龙谷大学进行学术研究。石塚晴通先生告诉我，藤枝晃先生的研究小组已经进行十多年了，他们为了研究敦煌写卷的真伪问题，花了很大的功夫，按写本的时代，把相同的字不同的写法都输入电脑，在成千上万的字中，排列出它的演变规律。这样能准确地判断一个写卷书法的时代特征。除了文字学和书法方面的研究外，还花了很大工夫研究纸张的问题。为探索唐代纸张的特点，他们通过化学分析了唐纸的成分之后，按这些成分用唐人手工造纸的方法造出了一些纸。又在纸上探索墨色变化的规律。所以，石塚先生认为，他们通过研究判定写本的真伪是有科学依据的。那时，我们在国内仅仅用过所谓 486 的 PC 机，对电脑还十分陌生。而日本的学者却已用电脑进行学术研究了，真是特别有一种紧迫感。

在龙谷大学深切地感受到了日本的所谓读书班的意义，很多重要的研究成果就是在这样持之以恒的研究活动中形成的。日本京都的学术气氛浓郁是公认的，但在东京，也同样有一批学者在进行读书班的活动。在池田温先生和其他学者的努力下，依托东洋文库就搞起了“中亚出土文献研究会”，以敦煌吐鲁番文献为中心进行研究。最初也是每个月一次，每次总是要请一名学者来报告他的最新研究成果。大家在一起讨论，感受到学术交流带来的快乐，同时也有所收获。因为去日本之前，施萍婷老师早就关照过我们，让我们去拜访池田温先生，池田先生对我们几个从敦煌来的学者也特别照顾。我们也每次尽量去参加研究会的活动，而且也曾几次有幸在研究会上报告自己的研究成果。直到我离开日本那一年，最后一个月还在研究会上作了报告。在研究会上，时常会遇到一些日本著名的学者，如美术史专家秋山光和先生、吉村怜先生，历史学专家荒川正晴先生、土肥义和先生、妹尾达彦先生，佛学专家京户慈光先生，等等，中青年的专家如石松日奈子、久野美树等等都时常能见到，也有不少与我们同辈或者更年轻学生，如山崎淑子、滨田瑞美等。因为参加学会活动的人不多，最多时二十来人，一般都是十来个人，特别利于学术讨论。大家听了主讲者的发言，都会各抒己见，气氛非常轻松愉快。特别是平常不容易见到，即使见到了也不一定有机会交谈的那些在学术界十分有名的学者，在这个场合都亲切地与你交流，你会感到这种机会太难得了。而我在这个学会的几次发言都有极大的收获，特别是一些学者给我提的意见，十分珍贵。如有一次我讲关于敦煌壁画中圣树的论文，大家都感觉很有意思，也分别给我提了很多意见和建议。几天以后，池田温先生托人带给我一个大纸袋，里面是很厚的一叠复印资料，打开来看，原来都是一些有关树木（如菩提树、芒果树等）的植物学方面的资料。我在发表之前，虽然也考虑到这方面的问题，但因为没有植物学的知识，也找不到这样深入的植物学资料，而池田先生却在暗中给予我这样大的帮助。真让人感动得不知说什么才好。

由于池田温先生的推荐，我于 1999 年参加了东方学会的年会，并在敦煌学研究的会场作了学术报告。那是第一次参加这

▲东京的东洋文库读书班（左一为池田温先生、左二为石塚晴通先生、左三为土肥义和先生）

样大规模的会议，池田先生让我提前把发言的提要及相关资料都准备好，在会议前就帮我复印了给参加学会的人分发。过了两年，因佐野先生的推荐，我再次参加东方学会，这次是在美术史学的会场作报告。到了会场，佐野先生正忙着张罗会上的工作，见了我问道："你的资料准备好了吗？"我拿出自己准备的那一份提要和相关资料。佐野先生非常不满，说道："你不是参加过东方学会了吗，为什么不复印了资料带来？"我第一次看到佐野先生这样严厉地对我，慌忙去找复印机。这才明白原来是每一个发言者都是自己复印了资料带到会场给大家分发的，上次是池田温先生默默地帮我复印了的。池田先生总是悄悄地帮助别人。一个大学问家，丝毫不摆大人物的架子，对于晚辈又是那样无微不至地关心，令我终生难忘。

人和人心灵的沟通

在东京读书期间，虽说是远在异国，举目无亲，但时常会遇到一些与敦煌有缘的日本学者，他们总是热情地关心从敦煌来的年轻人，上原和先生就是令人难忘的一位长者。

我到成城大学读书的时候，上原先生已经退休不再上课了。我的导师东山健吾先生就是上原先生推荐到成城大学当教授的，也是继承上原先生继续进行佛教艺术研究和教学的学者。因此，对上原先生早就有一种高山仰止的感觉。

初到东京不久，就接到上原先生的电话，邀请我们几个从敦煌研究院来的人到他家去小聚。虽然在出国前，本院的老师也把上原先生的电话告诉我，希望我们能去拜访，但总觉得他是一个大学者，我们这些无名小辈不应该去打扰他。没想到上原先生会直接打电话给我，听到上原先生在电话那一头平易近人的讲话，令人感到亲切，顿时放下了心头的顾虑。上原和先生自 1979 年第一次去了敦煌后，又有很多次到敦煌考察或参加学术会议，跟敦煌研究院老一辈学者常书鸿、段文杰、施萍婷、樊锦诗等都很熟悉，因此，只要听说敦煌有人来了东京，他一定要邀请到家里做客。

上原先生家在东京远郊的川崎市一处住宅区，是一座日本式的二层小楼，前面一个小院，记得门前还有一点斜坡，有几棵大树和一些小树丛。进入玄关（栅栏小门），一条石板铺成的小径弯弯曲曲穿过树木通到屋前。上原先生还在客厅里把他珍爱的一个屏风展示出来，屏风上装裱了一件中国南朝画像砖的拓片，他一直很喜欢，每到重要的时节，就拿出来展示。我们从日本的饮食谈到中日文化的异同，谈到丝绸之路上的一些趣事，从中可以感受到上原先生深厚的学养和宽厚的为人。虽然此前上原先生也多次到过敦煌，但真正在一起无拘无束地聊天，这还是第一次。

上原和先生的性格正如他的名字一样，是温和慈祥的长者。他家里显眼的位置挂着一幅书法作品，写的是“和为贵”。他常跟我讲，他最喜欢儒家思想所提倡的“和”，和谐源自每个人自身和自己的家庭，只有家庭和谐才能带来社会和谐。所谓“老吾老以及人之老，幼吾幼以及人之幼”，如果每个人能把对家人的爱推广到全社会，社会也就和谐了。从上原和先生身上，我看到了日本老一辈学者对中国文化的深入理解。他们有较深的古文功底，热爱传统的儒家思想。

此后，在日本数年间差不多每年都会受到上原先生邀请，到他家过年。或者陪同敦煌来的同事拜访上原先生，在多少次的交流中，使我有机会向上原先生请教日本学者的一些治学方法，了解日本文化的方方面面。

在上原先生家过年，一般都是和成城大学的同学们一起去的。八木春生是上原和先生的得意门生，也是我们的学长，八木的夫人长谷川也是成城大学毕业的。通常都会由八木先生夫妇来联络一年一度在上原先生家的聚会。经常参加聚会的还有北村永、小林仁、斋藤龙一、山口香代子等同学。斋藤龙一在大阪市立美术馆工作，小林仁则在大阪市立东洋陶瓷美术馆工作，每年他们俩都要专程从关西赶到东京来上原先生家过年。

日本人是过新历年的，每年的元月 2 日，就是我们在上原先生家举行新年会的日子。那时，就会看到上原先生家的门前两旁装饰着门松，客厅中央在日本式的朱漆盘子内摆放着镜饼和屠苏——这都是日本过年特有的祝贺新春的装饰。日本人吃年夜饭不像中国人那样丰盛，但很特别，日语称为“お节料理”，一般都是冷餐。上原先生告诉我们，由于日本家庭主妇们辛苦了一年，到过年的时候，为了让主妇们也轻松一点，就会提前做出一些冷餐，因此，年夜饭是非常特别而简易的，借此也让一家人别忘了家庭主妇的辛苦。成城大学的同学们围绕在上原先生周围，一起谈论佛教艺术的问题或者中国、日本的新鲜事，不觉一个晚上很快就过去了。

由于我在日本的时间长，上原先生随时会问我是否有新从敦煌来的学者，只要有敦煌研究院的学者到东京来，上原先生便会

▲ 在上原和先生家（2002年，左起：上原和、殷光明、赵声良）

邀请到他家做客，一起聊聊敦煌石窟和相关的问题。记得殷光明、苏伯民、丁淑芳等同事到东京时，也是我陪着他们去拜访上原和先生的。

1991 年上原和先生的著作《玉虫厨子：飞鸟·白凤美术样式史论》由吉川弘文馆出版，这是上原和先生数十年时间研究日本美术史的代表作。日语中的所谓“厨子”就是指佛龛，但与我们通常石窟中的那种敞开的佛龛不同，而是木制的有门的龛盒形式。龛内有佛像，在礼拜活动时打开门，可以观瞻礼拜，平常是可以关住门的。厨子从内到外都有彩绘，内容为佛说法图和佛教本生故事之类。玉虫厨子是日本国宝级的文物，除了玉虫厨子，日本保存的古代厨子还有不少，如同样保存在法隆寺的橘夫人厨子(奈良时代）也比较有名。上原和先生花了数十年功夫持续不断地研究玉虫厨子，对其中彩绘的内容，如萨埵太子本生故事等内容做了深入的考证，与印度、中亚、中国古代佛教艺术做了细致的比较研究，并探讨了相关的美术样式及源流，从而对日本飞鸟、白凤时代（7 世纪前后）的佛教美术样式提出自己的看法。这部著作可以说奠定了上原和先生在美术史研究上的重要地位。但上原和先生的学术研究不仅仅在于此，他曾对圣德太子及其活动时代（6世纪下半叶至7世纪上半叶）的日本佛教文化做了广泛的研究，出版了很多相关著作。1975年，他的著作《白色斑鸠之路——圣德太子》荣获第7回龟井胜一郎奖（这一奖项主要是奖励文艺理论方面的优秀著作，自1969年开始由文艺评论家龟井胜一郎的遗族设立，每年一次，每次评出一至两部著作授奖，共颁发过14次，有19人的著作获过奖）。虽然他研究的重点是日本古代佛教美术，但与佛教艺术的源流相关，他的研究扩展到了中国、印度和中亚地区。对犍陀罗佛像、敦煌石窟、龙门石窟等雕塑和壁画相关的问题都有过独特的研究，如对犍陀罗弥勒像的净瓶，对龙门石窟古阳洞的营建年代等方面都提出过极富有启发性的观点。

上原和先生毕业于九州大学，他在九州大学读完硕士课程就到宫崎大学任教，后来到成城大学任教直到70岁退休，其间还担任过文艺学部的部长和研究生院文学研究科的科长。由于上原和先生在学术界的地位和影响力，退休后成城大学仍聘他为名誉教授。1992年，他以著作《玉虫厨子：飞鸟·白凤美术样式史论》作为博士论文，获得了九州大学文学博士学位，其时他已68岁。日本大学里人文学科的博士学位不容易取得，大多数人都是把博士课程修完，参加工作之后许多年，完成了博士论文再回母校申请博士学位。但临近退休了再去申请博士学位，也是较少见的。其实，早在1964年他就完成了《玉虫厨子研究：飞鸟·白凤美术样式史论》，并由日本学术振兴会出版。但在其后的20多年间，他不断地到中国、印度等地考察，不断深化研究，直到1992年修订完备，由吉川弘文馆出版。上原和先生对于学术的严肃性和完美性的孜孜以求，令人肃然起敬。

20世纪80年代，在平山郁夫先生的努力下，由文化振兴财团资助，敦煌研究院每年派遣研究人员到东京艺术大学进行研修。不久，日本经济新闻社也决定为敦煌研究院培养人才，每年资助一名青年到成城大学学习。派遣到成城大学的青年就是跟随上原和先生学习的。上原和先生对敦煌研究院的年轻人不仅在学习上多方指导，而且在生活上给予无微不至的关怀。他退休后，培养敦煌方面年轻人的工作由东山健吾先生来承担，但上原和先生仍时时关心敦煌研究院的学员，经常会招待他们到家里吃饭，顺便了解他们的学习和生活情况。

20世纪90年代，日本学术界有感于日本老一代敦煌学家大多年事已高，而年轻的敦煌学专家却很少，上原和、平山郁夫等先生共同策划了一个项目：由朝日新闻社出资派遣年轻学者前往敦煌进行短期学习和考察，以此推动日本年轻一辈学者对丝绸之路与敦煌艺术的研究，培养下一代敦煌学研究者。1995 年朝日新闻社组织学者们访问敦煌时，正式向敦煌研究院提出了这一设想。上原和先生跟敦煌研究院段文杰院长说：“80 年代是由敦煌研究院派遣人员到日本学习，到了 90 年代，可否让日本的学者也到敦煌进行研修呢？这样不仅可以推动日本在敦煌学方面的进展，还可以更紧密地加强中日友好的纽带。”段先生对这一设想非常赞赏，这项计划得到了敦煌研究院的大力支持。于是日本方面成立了“敦煌研究员派遣活动”评审委员会进行选拔人员和对后期成果的评价。委员会由著名画家平山郁夫、著名学者池田温、上原和、上原昭一、上山大峻、水野敬三郎、西川杏太郎以及朝日新闻社负责人组成。上原和先生担任委员长，主持工作。从 1997 年到 2005 年间，派遣活动进行了 9 次，其中第 7 次因为“非典”的影响而取消，实际派遣有 8 次，共有 22 人次派往敦煌进行研究工作。上原和先生积极参与并主持这一事业，除了事先进行选拔和考核外，还对选定的人员进行先期教育，向他们介绍敦煌的相关情况，提供各种咨询，解决年轻人的疑难问题，使这些派往敦煌的研究人员心里倍感温暖。上原先生以他的学问和人格精神影响着一批又一批的学子。被派遣到敦煌进行研究的年轻人中，有的已在敦煌石窟研究方面有所建树，成为有影响的学者，如毕业于早稻田大学的滨田瑞美、大西磨希子，毕业于成城大学的北村永、田中知佐子等后来都发表了较有价值的论文，还有的学员因这次机缘，促成了到中国留学的经历。回顾这连续十年的派遣工作，上原和先生深情地说：

“我之所以衷心希望日本的年轻研究者去敦煌学习，也是因为我自己年轻时就憧憬敦煌，直到过了天命之年的 1979 年 4 月才有机会实现了首次敦煌之旅，那种感动至今难忘。‘文化大革命’结束后，敦煌莫高窟刚刚开始向外国人开放。在感受壁画、塑像魅力的同时，敦煌文物研究所所长常书鸿夫妇以及研究所各位朋友对我们的热情接待也使我们深受感动，铭刻在心。当时常书鸿先生以及参加欢迎会的朋友们最关心的是法隆寺壁画的保存状况。”

“我深切希望参加跨度十年之久的‘敦煌研究员派遣’活动的各位同仁在传播敦煌艺术魅力的同时，也将人与人间心灵沟通的重要性传达给年轻人。”

从这里我们可以了解上原和先生长期以来对敦煌的深厚感情，同时也可知道，上原和先生不仅仅是对于敦煌艺术本身的关注，他更注重文化遗产在人与人心灵沟通方面的意义。数十年来，由于敦煌艺术，我们与世界很多国家进行了各种形式的文化交流，跟我们打交道的不仅仅是从事学术研究的人，还有社会各界的人士。都是因为关心、关注敦煌石窟这一世界文化遗产，使我们有了很多的共同语言。保护和研究敦煌文化遗产是一项长期的工作，正如上原和先生所希望的那样，由敦煌艺术而构筑起来的中外友好交流之路将永远继续下去。

(2017年2月9日，传来了著名学者上原和先生不幸逝世的消息，想起与上原和先生相处的时光，难以忘怀，因写小文以为纪念。本文原载敦煌研究院网站2017年2月20日。)

东山健吾先生

最初认识东山健吾先生是在1990年的学术会议上，那是我第一次作为代表参加国际学术讨论会。东山先生在会上发表了有关北朝一幅故事画的研究论文。他提到了印度和中亚的影响问题。当时我正在做故事画的研究，收集了很多汉代以来的资料，形成了一个看法，就认为敦煌早期的故事画受汉画传统的影响很深。因此，听了东山先生的发言，我就提出反驳，把自己收集的很多资料摆出来，以汉民族传统影响的看法反对东山先生的观点。那时心中颇为得意："我是一个无名小卒，你可是名人专家呵。我就是不怕你！"

不过，结果却出乎我的意料，对于我的进攻，东山先生不但没有还击，而且还当众说："他说的有道理，也是我应该考虑的问题。"

会后，东山先生专门来找我讨论，开始了面对面的交流。他认为我们双方各从一个方面去看问题，都有一定的道理，虽然他坚持不放弃自己的观点，但也认为要考虑到我的看法。我深深为先生虚怀若谷的精神所感动。学术固然是重要的事，但人与人的沟通、交流与理解，不正是学术交流的意义所在吗？

几年以后，我有机会去日本学习，随着学识的增长，才真正了解了东山先生和他的学问，也开始理解他的学术观点——以前曾激烈地反对过的观点。同时，也学会了从不同的角度来考虑问题和解决问题。

1996 年，我以客座研究员的身份在东京艺术大学研修。那时的要求只是带着一个题目做研究，对学校的丰富资料、日本各地

▲ 在东山健吾先生家中（1996 年）

▲ 作者与东山健吾先生考察河西石窟（2000 年，左起：东山健吾先生、作者、八木春生先生）

博物馆等机构的收藏都可以广泛地了解，真是开阔了眼界。东京艺术大学的老师并不要求我们去听课，但我觉得既然到了东京，要是不听听日本教授的课，似乎没有学到什么东西。田口荣一先生曾经对敦煌石窟做过调查，又是我的指导老师，我就每周去听田口先生讲日本平安时代的绘卷艺术。另外，我又去东京大学听小川裕充先生讲中国绘画史，去成城大学听东山先生讲东洋美术史（日本的课程中，美术史分三个方面：日本美术史、东洋美术史与西洋美术史。东洋美术史就是指除日本以外的东方美术，主要包括中国和印度、中亚、东南亚以及朝鲜半岛的艺术，所以中国绘画史课程在学科分类上也归入东洋美术史课程）。

在日本，大学教授上课是没有指定教材的。教授大约都要编一套有自己风格的讲义，哪怕只是一个讲义提纲，通常也是与别人有所不同。如果用别人的教材照本宣科，一定是会被人瞧不起的。同一门课，比如东洋美术史，东京艺术大学田口荣一先生的讲课、东京大学小川裕充先生的讲课以及成城大学东山健吾先生的讲课，都是完全不同的，所以，在这三所学校学到的各不相同，都给我以全新的印象，不仅讲授和分析的侧重点不同，而且在研究方法上各有其优势。每一个老师讲的一定有一些是别的老师无法讲到的内容。田口荣一先生是研究日本古代绘卷的，他特别注重对古代绘卷上文字题记的解读与研究，并往往配合古代寺院现存的壁画等资料，进行比较研究。而小川裕充先生几乎调查了全世界各地收藏的中国绘画，他常常会放出一些出人意料的幻灯片，那一定是在任何出版物中都没有看到的，就是他自己所调查的古代绘画。同时，小川先生曾对宋朝画院制度进行过深入研究，也使他对宋元画家作品的分析透彻入微。东山先生多年在印度、中亚和中国各地考察佛教艺术，积累了大量的资料，他所放的幻灯片都是他自己在考察中拍摄的，沿着佛教传播的路线来分析，就仿佛站在历史发展的潮流之中，所讲的都是很本质的思想。东山先生受学校派遣在国外考察时拍摄了大量照片，都保存在学校的研究室，成为十分珍贵的研究资料，使学生们受益无穷。总之，在这些教授们的课堂所看到的图片资料，都是你在普通的画册中，或者别的课堂上不可能看到的。而能倾听他们的授课，就使你的头脑不断受到洗礼，那是真正的学术的收获。

在几个学校听课之后，我最后下定决心要正式作为学生在日本读书。那时东京艺术大学已经没有老师研究与敦煌艺术相关的问题，东京大学的小川先生在美术史界具有崇高的地位，但是他研究的侧重点在元明清时期的绘画，我对宋元及其后的艺术并不感兴趣。东山健吾先生研究印度和中国的佛教艺术，对敦煌艺术又十分熟悉，我觉得跟着东山先生是可以在学问上有一个大的发展，于是就报考了成城大学。

虽然顺利地进入了成城大学读硕士课程，但接踵而来的经济困窘又时刻威胁着我。作为客座研究员的工作结束了，不再有公费的支持，我不得不一边打工一边上学。成城大学在日本号称是

▲ 东山健吾先生带领学生考察奈良寺院（1998 年）

贵族学校，学费是比较高的。那时，打工的收入很低，我不得不紧缩开支，一分钱一分钱地计算着度日。有一次，东山先生急需一份资料，让我找了复印出来，然后通过传真传给他。我很快找到资料，然后拿到附近一家便利店去复印、传真。东山先生觉得花费时间很久，不太满意。他知道我的住所旁边就有一个宾馆，宾馆通常都会有复印和传真的服务，问我为何不在那家宾馆复印。我告诉他在便利店只要 10 日元就可以复印一张纸，而那家宾馆要 100 日元，传真的费用也高出许多。100 日元对于普通日本人来说，是根本就不会考虑的事，但是我就得靠这样一点一点节约度日。东山先生突然意识到我要打工上学，生活很艰苦。于是，他开始注意帮我找一些适合的工作。半年以后，在东山先生的帮助下，我申请到了日本鹿岛美术财团的一个研究项目，不仅可以得到一笔经费，还可以推进我的学习和研究工作。我利用这个项目研究了榆林窟第三窟的山水画，完成了一篇很满意的论文。后来在东山先生和八木春生先生的帮助下，我得到了一个收入更为可观的项目，那一年东京国立博物馆新成立了法隆寺宝物馆。这些宝物的说明牌和相关图书中的说明文字要用日、英、中、韩四种文字。博物馆方面已有专家写出了日文原稿，然后要分别请英文、中文、韩文的三种文字翻译。东山先生和八木先生认为我是研究美术的，最适合做这个工作，他们向博物馆方面大力推荐我做中文部分的翻译，使我最终获得了这份工作。这就意味着那一年我生活费解决了大半。当然这也不是一件轻松的工作，大约花了半年左右的时光。一方面学习法隆寺相关的文物知识，一方面还要考虑中国在文物考古方面的专业术语。当时北京大学考古系的苏哲先生在日本作访问学者，他负责这项翻译的审稿，苏老师给我提出过很多修改意见，使这项工作顺利完成。

东山健吾先生早年曾经在中央美术学院留学，读研究生。不

▲ 在课堂上的东山健吾先生

巧“文化大革命”开始了，红卫兵说他是日本特务，不放他回国。可是也不敢抓他，因为害怕出外交方面的问题。所以，东山先生就在中央美术学院的资料室里做点工作，这样在中国滞留了很多年，直到 1972 年中日恢复邦交，才回到了日本。到了 1980 年前后，日本平凡社与中国文物出版社合作出版大型丛书“中国石窟”，最早的五本就是《中国石窟·敦煌莫高窟》（1—5 卷），虽然日本也有很多专家在研究敦煌石窟，但出版社急需要找一位既精通中文又出身于美术专业且熟知中国石窟的专家。而东山健吾先生正是不二的人选，他成了这套丛书的日方编辑。

《中国石窟·敦煌莫高窟》（1—5卷）日文版于1981至1982年出版，立刻就在日本社会中引起极大的反响。中国文化对于日本人来说，最能引起大众共鸣的就是敦煌。因为敦煌是佛教艺术，又与丝绸之路文化密切相关，使日本民众可以产生共鸣。特别是日本著名作家井上靖写了小说《敦煌》，更加激发了日本民众对敦煌的向往。20世纪80年代正是中国改革开放的年代，日本民众可以到敦煌旅游了，于是NHK电视台以及相关的媒体利用这一形势，拍摄了《丝绸之路》等节目，后来又多次拍摄有关敦煌与丝绸之路的节目。东山先生就常常被聘为学术顾问，对敦煌及丝绸之路艺术进行解说。一时，东山健吾教授就走红了媒体。在成城大学，先生每年讲课的教室，系里总是要跟教研处提前打招呼，把大教室让给东山先生，因为他的课堂总是人太拥挤，使后来者没有座位。这里要说明一下：日本的大学是可以旁听的。不管是谁，如果想听大学教授的课，第一要得到教授本人许可，第二要到学校交学费办一个旁听证，然后就可以听课了。如果一个教授的课有大量的社会人来旁听，说明教授在社会上的影响力很强。

所以，大学里会非常支持那些人气很高的教授，他们不仅为学校增加了收入，还扩大了影响力。

当东京等地举办一些有关敦煌和丝绸之路的展览时，主办者通常是要搞一些公开讲座的，凡有东山先生的讲座，一定会到“人满为患”的程度。有人说，东山先生身体较瘦，说话简炼，虽然年纪很大却仍然很“帅气”，所以很有“人气”。的确，先生总是喜欢穿着一套牛仔装，加上身体瘦，显得非常精神。但要是没有那样丰富的学识，把丝绸之路的艺术剖析得那样充分，又如何能赢得那样广泛的追随者呢？

在先生的课堂，我逐渐明白了许多从印度传到中国的艺术形式的演变情况，明白了研究是必须进行深入而广泛的调查与积累的，而不能以某种偶然的因素简单类比。

佐野先生的课堂

（一）

进入成城大学那一年，东山健吾先生就跟我说："你还是去听听佐野绿（さのみどり）先生的课吧。"佐野先生开的课是日本美术史，我对日本美术史并不感兴趣，但医为是导师推荐，我也就抱着试一试的想法，来到了佐野先生的课堂。

佐野先生的课堂跟别的教师完全不同，可以说那种活跃的气氛在日本大学里很少见的。通常在日本的大学里，越有名的教授，讲课时气氛越严肃。因为学生们都抱着一种崇敬的心情，课堂上一定是鸦雀无声，老师也显示出名家的风度，学生回答老师提问也都是毕恭毕敬的，生怕有不尊敬之处，给老师留下不好的印象。所以，往往听名教授的课比较沉闷。但佐野先生以她娓娓动听的讲课和妙趣横生的讨论方式，使课堂充满了活力。所以我很快就喜欢上佐野先生的课了。

▲作者与佐野先生（左）、东山健吾先生（中）在一起

日本的研究生上课跟本科生是完全不同的，基本上是采用课堂讨论的形式。主要不是听老师讲课，而是让学生讨论。老师只在每个学期的开头一两节课讲课，讲的是这一学期的研究思路，然后就让学生分别写小论文轮流发表。每次有一个同学论文发表，然后全班同学一起讨论，最后老师做点评总结。学生的每一次论文发表，就是这门课的成绩，研究生的课程是不用考试的。刚上研究生的同学，如果觉得本科的课程学的还不够，是可以去听为本科生讲的课，因为带研究生的老师同时也要给本科生讲课，而且给本科生讲课花的精力是最大的。当然选修了本科生的课，为

获得学分就得跟本科生一起考试了。

通常硕士和博士研究生选了同一个教授的课，就会在一起上课。所以，没有所谓“班”的概念，只有某位老师的课堂。给研究生开课的老师都会找一本著作，或者选一两个研究课题引导学生们进行学习和研究。东山先生曾给我们开过《历代名画记》的课，开头一次课，他把《历代名画记》的写作背景、作者情况、这本著作在美术史上的意义等方面作一概要的说明，并开出一堆参考书目，然后就让同学们每人选择其中的一段文章来读，并根据这段文章引起一个问题作小论文。以后的各周就分别由学生发表自己的论文了。大部分同学都害怕先发表，因为准备的时间短，很难做好。一般会让跟随老师时间较长的学生，如博士二年级或三年级学生先讲。如果没有这些年长的同学，只好大家抓龟来决定先后。

佐野先生虽然也用过日本美术史上的著作来作为讨论研究的主题，但我的印象中她很少固定用某一本书，而是不断地启发同学的创造性思维。记得有一年，佐野先生给我们讲了两个主题，一个是“病”，一个是“庭园”。研究美术史怎么会找出这样的主题呢？佐野先生启发我们：在古代美术中特别是日本古代画卷中，有不少是描绘病人或者与病相关的主题的，如《病草子》绘卷等。通过这些作品，应该去思考当时的画家是怎样去体会“病”这一现象的？当时的“病态”都有哪些现象，画家们又是怎样来表现的？那些表现“病”的主题的作品对后世有何影响？关于“庭园”的主题，并不是要去研究园林史或者建筑，而是要考虑作为视觉形式，庭园与建筑、雕塑、绘画的关系，这些关联之处，在美学和美术史上的意义，并以此为线索思考不同艺术形式从主题、形式、表现手法上的相互借鉴与关联。

在佐野先生的启发下，我感到自己的思维达到了空前活跃，有时会思若泉涌，正如苏东坡所说“文章如万斛泉源，不择地而出”了。想到庭园这个主题，我想起了中国山水画中表现的亭、草堂、园石等内容，这些东西为什么会在山水画中出现呢？于是我想到了文人意识，我开始探索文人思想的源头，大学时期中文系的基础，给了我绝好的优势。从文学作品中我找到了古代文人对山水风景中的亭、草堂、奇石等形象的歌咏，同时，又从古代园林艺术中对亭、草堂等的有意安排设计，明白了中国文人意识实际上渗透到了诗文、绘画、建筑等领域，形成中国山水画在景观布置上的又一特点。这样一来，敦煌壁画中出现的山水、亭、草堂、园石等景观，不正是受中国最传统的文人思想的深刻影响吗？于是，我按这些思路收集丰富的资料，写成了论文。先是在佐野先生的课堂上发表，佐野先生非常满意，她认为我是完全领会了她的意图并取得成果的。而那篇文章也成了我博士论文中的一节。

（二）

在读硕士课程的那两年，我的日语水平还不算高，虽说听课、读书没有多大问题，但要用日语写成学术论文，却感到力不从心，勉强凑成了 5 万字的论文，知道这样的日语一定是让人笑话的，只好向佐野先生求救。其实，那时我还算不上是佐野研究室的学生，只不过是选了她的课而已。而且，在日本的很多大学里都是较注重门派的，以导师为中心，一批批学生自然会形成不同的门派，我那时并不属佐野门下，她完全可以拒绝我的。可是，听了佐野先生一年多的课，我感到佐野先生不会是那种门派观念很强的人。犹豫了很久，还是忍不住向佐野先生开口了。佐野先生一直很忙，但她依然热情地为我修改论文。两个星期以后，从佐野先生那里取回论文，翻开一看，每一页都改得密密麻麻的，使我惭愧不已，原来，很多句子，虽然在语法上是通的，但是作为学术论文，毕竟与日常口语不同，佐野先生一再提醒我，一定要按学术论文的方式来写。

通过硕士论文，佐野先生也了解了我的研究。当我取得了硕士学位，准备报考博士课程时，曾一度想离开成城大学，一个原因是导师东山先生将会在两年后退休，那就意味着我在第三年毕业时，必须换一位导师，这种情况隐含着一种危险，就是如果新找的导师跟前一任导师的思路完全不同，学生的论文不能通过的可能性极大——这在日本的大学里是很平常的。另一个原因就是，由于成城大学是一所私立大学，规模不大，外国留学生能获得奖学金的机会很少，而学费却很高。从经济上考虑，到一所国立大学比较好。

就在我徘徊不定的时候，佐野先生通过东山先生转告我，希望我能在成城大学继续读博士，她愿意接替东山先生作我的导师。有佐野先生的承诺，我一下子就放心了。这样既可以继续跟随东山先生做学问，又不用担心东山先生退休后的问题。所以，进入博士课程后，研究方面的问题有很多都是跟佐野先生商量进行的。

佐野先生同时在日本美学会、美术史学会和日本民族艺术学会任常务理事，又是《美术史》杂志的编委（附带说一句，日本期刊的编委是要审稿和参与杂志运营的，决不是像国内某些杂志的编委仅仅是挂名而已），还是著名美术杂志《国华》的审稿委员。佐野先生要进行几个学会每年的年会筹备工作、学刊的审稿和编辑工作以及外出考察活动等，工作十分繁忙。但她在教学上没有丝毫的马虎，除了上课外，每周她总要安排时间，接待学生进行谈话，由于学生们都很信赖她，找她请教问题的学生很多，她不得不采取预约的办法，每个学生谈话的时间也要加以限制。就这样，每天下午下课后，她的研究室门口总会有好多学生等在那里。她总是耐心地倾听学生的疑问，热情地给予解答，帮助或启发同学找出解决问题的办法。在我周围的同学中，不论是日本学生还是外国留学生，说起佐野教授都充满了敬仰和感激之情。

有一次，佐野先生带领美术史专业的学生到长野考察。作为与教学相辅的考察活动，称为修学旅行，学校每年都会有一两次，由教授带队，学生自愿参加，有目的地考察一些美术遗迹和寺院、博物馆等。像佐野先生这样的名教授带队，学生参加得很踊跃，那次包括旁听生都去了很多，竟达 100 多人。从东京到长野乘火车要两三个小时，在日本来说，这是较长的旅途了。我那时正好写完了博士论文的一章，想在这段空隙时间请佐野先生看看，给我提点意见。火车开动后，我就拿着文章去找佐野先生，这才发现已经有很多学生围在佐野先生旁边了。他们手里都拿着自己写的东西。有的是硕士生拿着论文，有的是本科生拿着作业。佐野先生一眼看见了我，招呼我先把论文拿过去。我就没有排队，先把自己的文章递过去了。日本是个讲究辈份的社会，我是博士生，在这种情况下优先，好像是天经地义的。但我还是感到佐野先生在关照我。过了一段时间，一位同学从佐野先生那里把我的论文带过来了。我一看，还是跟以往一样，密密麻麻地圈注了很多，除了有些直接修改的外，还在很多地方提示我要注意的问题。读完这些批注，回头看着佐野先生依然在忙于批改学生的文章，我的眼睛湿润了。

那一次考察，每到一个地方，佐野先生和另外两位老师轮流为同学们讲解，佐野先生不光是对美术史的问题做讲解，还常常会引导学生们考虑一些相关的问题，使我们能从一些平淡无奇的现象中感受到寓意丰富的内容，从而留下深刻的印象。晚上，在长野的一个小镇，同学们聚会在一起喝酒，充分享受旅游之乐，佐野先生自己还带了一瓶酒让我们一起喝。在返回的路上，我们都感到疲惫，在车上打盹。而佐野先生依然跟来时一样，不断地看学生的作业。并不时叫某位同学过去，为他讲解问题。

从硕士到博士课程，跟佐野先生相处的五年间，总看到佐野先生这样为学生不知疲倦地工作，从佐野先生身上，我感受到了一位真正的教师那种令人尊敬的品质。

（三）

博士二年级时，佐野先生跟我商量去敦煌考察之事。我原以为她是去旅游，佐野先生的研究范围是日本美术，她有较长时间在美国，也主要是调查美国收藏的日本美术品。所以按专业来说，她没有必要来中国。

佐野先生说，因为我的论文是写敦煌艺术的，而她作为导师，不了解敦煌，甚至连敦煌都没有去过，那么对我的论文就没有发言权。于是，我陪着佐野先生来到了敦煌。其实那一次也是佐野先生第一次到中国。七月炎热的夏天，佐野先生仔细地考察了莫高窟、榆林窟、西千佛洞。凡是我的论文涉及的壁画，她都要看一看，同时也想知道我的想法。沙漠的干旱气候，缺水的生活环境，对于常年生活在湿润而生活便利的大都市的佐野先生来说，其艰苦程度是可想而知的。那时，通往榆林窟的公路还没有修好，从安西县（今瓜州县）向南就进入了颠簸的乡间小路，在烈日的

▲ 作者与佐野先生（右）考察西千佛洞（2001 年）

暴晒下，路旁戈壁滩上的热浪扑面而来，我们坐的小面包车空调功能较差，而且密封不好，只感到闷热难耐。但是佐野先生始终对周围的一切充满了浓厚的兴趣。

佐野先生去敦煌考察用了半个多月的时间，成城大学的一些老师纷纷猜测她会不会把研究的重点转移到敦煌艺术上来。因为东山健吾先生是研究敦煌艺术的专家，在东山先生之前有上原和先生也对敦煌艺术有很深的研究。那么，东山先生退休后，佐野先生继续从事敦煌艺术研究，也是顺理成章的事。况且，佐野先生当年在东京大学读博士时，她的老师秋山光和先生就曾对敦煌艺术有很深的研究。不过，佐野先生回到东京后似乎没有要研究敦煌艺术的迹象。看来，她冒着炎暑访问敦煌，完全是从教学上考虑，仅仅是为了审查我的那篇博士论文。

在陪着佐野先生到敦煌的途中，才真正有机会较长时间跟佐野先生聊天。先生曾问我毕业后干什么。我说只想做学术研究，做一个纯粹的学者。佐野先生认为一个学者还可以承担一些社会工作，可以培养一些学生。我说："像我这样的性格，也就只能管好我自己啦。我只想抓紧时间解决一些学术上的重大问题，出几本著作，就很满足了。"佐野先生严肃地对我说："一个学者，特别是一个优秀的学者，应该对社会承担起责任来。比如樊锦诗院长，她可以做一个纯粹的学者，只做考古，不管别的。可是她现在承担的责任比一个学者重得多，而莫高窟不正因为有了她和别的一些有责任心的人而保护更加完善，研究更加深入了吗?”联想到佐野先生对学生一贯的悉心帮助指导，我感受到了佐野先生这句话的分量。

那以后，我对于一个学者的社会责任有了新的理解。

（四）

如果说在日本留学期间在学术上有所收获的话，佐野先生给我的影响是巨大的，开放的跨学科的思维方式，宏观地考察一种美的现象，注重直觉——亲眼所见，亲耳所闻，亲身感受，以自己的真实感受来体会艺术的精神，而不是从一些理论概念上来找感觉。这是佐野先生教给我的从事美术史研究的原则。

佐野先生的课堂并不限定范围，不论是日本的、西方的还是东方的，不论是绘画、雕塑还是建筑、摄影或装饰艺术，只要能言之成理，体现出研究的水平，她都很赞赏。而她也一贯主张要打破学科的限制，打开视野，在更广阔的空间展开研究，拓宽研究的道路。

有一次，一个同学发表的是关于英国画家比亚兹莱绘画的装饰性，她讲的大部分内容我记不清了，只记得她最后以一种十分赞叹和仰慕的口气说："比亚兹莱的艺术太迷人了，我每次看了都会深受感染！"她像一个小孩那样的讲话神情，仿佛面对着自己最爱吃的冰激淋的那种眼光，引得同学们都在发笑。但佐野先生对我们说："这个同学对她研究的对象这样痴迷，就是一个很大的优点。如果你对研究的对象没有这样的感情，怎么会有深入进去调查研究的动力呢？"

佐野先生主张在研究中注入情感，同时对论文要求又十分严谨，在我写作博士论文过程中，她不断地提醒我思维的明晰、明确、明朗。

记得刚开始时，我的博士论文题目定为《敦煌壁画中的山水画研究》，佐野先生问我："敦煌壁画中有山水画吗？"我肯定地回答："有啊，比如……"佐野先生笑道："既然如此，《敦煌莫高窟内容总录》对那些壁画的命名就要写'山水画'了，为什么要用'法华经变''弥勒经变'这样的题目呢？"

我一下子明白过来，就说："是的，那些山水只不过是经变画的背景。那么，可不可以说是风景画呢?”佐野先生说：“风景画，是 17 世纪以后欧洲绘画的一个概念了。”我想了很久，跟佐野先生说：“这些山水景物，既不是独立的山水画，也说不上是风景画，本来只是经变画或者故事画的背景，只是一种风景因素罢了。”佐野先生说：“对，就是风景因素。这样就明确了。”她让我把风景、风景画、山水、山水画这些概念加以辨析，以免产生歧义。

这样，从一开始，佐野先生就要求我对基本概念有明确的界定，对推理有明晰的思路，使我在以后的研究中，总会时时想起佐野先生要求的“严谨”“缜密”。

（五）

博士论文最后部分完成时，正好在佐野先生的课堂有一个发表，我就讲了最后完成的一节。那次佐野先生非常高兴，她特意把我的博士论文完成的状况在课堂上作了介绍。她认为我从一开始就确定论文的大纲，然后每年循序渐进，一步一步按计划完成论文的方法是很好的经验，希望大家借鉴我这种方法。最后，佐野先生差不多是以一种焦急的口吻对所有的同学说：“同学们，

▲2003年成城大学学位授予仪式之后，作者与佐野みどり先生（左）、东山健吾先生（右）在一起

大家一定要努力啊!”

我能理解佐野先生那充满期望的神情。佐野先生原来在一所著名的美术大学任教，那所大学曾培养了不少知名画家、雕刻家，但美术理论的基础较薄弱。佐野先生很想在美术史研究方面培养人才，所以才到了成城大学。但在这里，虽说每年有一批硕士博

士生毕业，但取得学位的只有硕士，美术史专业取得博士学位的，这十来年间，好像只有过一个。如果我能取得学位，就是佐野先生培养的第一个博士了，所以她为我高兴。但是，从她的口气中，分明包含了这样一种焦急的心情：外国来的留学生都写出博士论文了，日本的学生们，赶快努力啊！

2003年初春，在成城大学隆重的学位授予仪式上，全校只有三名学生取得博士学位，而其中有两人都是佐野先生弟子（除我之外，还有一名研究陶瓷史的韩国留学生金寅圭）。对于成城大学来讲，这一年是颁发博士学位证书最多的一年。我的学位证书上编号为12，可以想象这所大学招收博士生以来的数十年间，总共才发过十几个博士学位证书。东山先生虽然退休了，也专程赶来。平常爱穿牛仔衣服的东山先生这时也穿上十分庄重的西装，晚间的酒会上，东山先生和佐野先生都十分高兴，不停地叫我和他们一起拍照。

（六）

回国之前，由于池田温先生的鼓励，要我到中亚古文献研究会每月一次的例会上作报告。池田先生跟我说：“你在日本读了七年书，现在已取得了博士学位，为什么不向我们报告一下你的研究成果呢?”我那时想，博士论文中大部分都在这两年间陆续发表了，而最后一节关于敦煌壁画中的亭、草堂和园石的论述还算是满意，又没有发表过，就讲了这个内容。这篇文章正是在佐野先生的启发和指导下最后完成的。

于是，我到东洋文库在中亚出土文献研究会上作了报告。讲完后，听众中走出一位叫菊池克美的先生来找我，说对我的论文非常感兴趣，希望能读到博士论文的全文。我跟他交谈后，知道他是一位研究中国历史的学者，就把博士论文的副本送了他一份。一个星期之后，菊池先生又约我一起喝酒，我想大约是想跟我讨论一些学术问题，就跟随他来到了神保町的一个居酒屋。就座后，他开门见山地跟我说：“你的博士论文是否考虑在日本出版呢?”我吓了一跳，说：“能出版当然是很好的事。但我知道日本出版学术著作是要花很多钱的，我是一个穷学生，哪儿有钱呢?”他说：“是呀，学术著作的出版因为不能赚钱，总是要给出版社补贴才行。不过如果你愿意出版，我可以帮你申请出版基金，你不用交钱。”我半信半疑，——这不是天上掉下的馅饼么？有这等好事?

最后，菊池先生告诉我按出版的要求如何进行修改等等。我回到宿舍开始修改论文，但还是不放心，因为这件事太突然了，我从来没有碰到过这样的好事。在日本出版学术著作的成本是很高的，连那些高收入的教授都要想方设法弄到补贴。我们成城大学的一位教授已经是学术界知名的学者，为了出版著作，申请了很多年才得到某项出版基金，而他自己又追加了一些钱才使著作得以出版。像我这样的无名小辈怎么会轻而易举的就能出版著作呢？我把这件事跟成城大学的一位年轻老师说了，他只认为是开玩笑，跟我说："会不会上当啊？"我就忍不住打电话向池田温先生打听这位菊池先生的来历。池田先生笑了，他让我放心，说这位菊池先生也是研究中国历史的学者，在一个研究所工作，同时还在一个出版单位做编辑。他正在筹划出版一套敦煌学丛书，也许我的博士论文就是丛书的第一本呢。我还是有点不放心："我和他可是第一次见面，相互一点都不了解啊。"池田先生笑着说："你那天讲得很好啊，他一定是受感动了。"接着池田先生告诉我，这位菊池先生还负责一个基金会的事务，主要就是用于出版学术著作的，所以，他要是想出版，自然就能申请出版基金了。这时，我才真正放心了。就这样，按照菊池先生的要求修改了博士论文，

▲在日本出版的博士论文（2005年）

又经过菊池先生在文字方面的加工，一年以后的2005年1月，我的博士论文《敦煌壁画风景の研究》由“菊池ふさ记念风树基金”赞助，作为比较文化研究所编的“敦煌学丛书”第一本在日本正式出版了。毕业那年回国后，由于柴剑虹先生的建议，我又把博士论文翻译成中文，被列入季羡林先生主编的“华林博士文库”，由中华书局出版。——这是后话。

每想到这个“天上掉下的馅饼”，我常常想：要不是那一次讲演的成功，如何能有这样的好事？要不是佐野先生给我学术上的启迪，这些文章又怎能成功地写出来？当然，在日本七年的生活中，遇见了很多热心的好老师，给过我多方面的帮助。但在学问上给我以强烈的鞭策与促进，在人生道路上给我以直接的刺激与启发的，就是佐野みどり先生。

难忘早稻田

与砂冈老师相识，也是刚到日本的时候。因为国内的一位老师托我给砂冈老师带了东西，我就来到了早稻田大学。这是日本最有名气的私立大学，古朴的校园，绿树成荫，从地铁早稻田站出来，就看到沿街都是大学生模样的人。马路边放着数不清的自行车，骑自行车到校上课，大约也是早稻田大学生的一大特色吧。这周围一带都是早大的校区，没有围墙，每个学部（日本大学中的学部，在中国大学中称为“系”）都相对集中在几栋楼周围。砂冈老师的研究室在经济学部的二楼，研究室的门上挂着一个中国式的手工编织袋子，如果她不在，就让来客写下留言条放在袋子里。进到砂冈老师的研究室，才发现原来是十分拥挤的，十几个平方的小屋四壁都排满了书架，上面挤着密密麻麻的书。桌子上除了台式电脑外，还有两台手提电脑，她说一台是出门时要用的，另一台是专门用作中文的，那时电脑的系统还不像现在这样方便，日文电脑在使用中文文件时常常会出问题，所以必须准备一台中文专用的电脑。

砂冈老师是教汉语的，打电话的时候，听到她流利的汉语，你会认为她是一个地道的北京人。她在汉语教学上倾注了巨大的精力，与同行们编过很多辞典。如小学馆出版的《日中辞典》《中日辞典》等，最近一些年，她主要跟中国、韩国、日本的专家们合作研究汉语远程教学的问题，并付诸教学实践，使韩国、日本的学生通过网络或电视，能够亲耳听到、亲眼看到中、日、韩三国教授的讲课。所以，她常常奔波于中、日、韩三国之间。

砂冈老师是一个争分夺秒的人，一年三百六十五天，天天都把心思扑在工作上，我很少听说她纯粹为旅游而出门或者为消遣而游玩。她把时间抓得那么紧，但却从来不拒绝对别的人热情帮助。第一次见面，砂冈老师就热情地问我需要什么帮助，我那时想，砂冈老师那么忙，一些小事就不麻烦她了。但是，砂冈老师从谈话中知道我当时在东京艺术大学做研究，而艺大的图书馆虽说艺术方面的资料很丰富，佛教和历史方面的资料却非常少，于是就主动提出要帮我在早稻田大学图书馆办个图书证，使我能够找到足够的参考资料。按早大的规定，本校的教授是可以介绍一两名合作研究者办理校外人员图书证的。砂冈老师专门抽时间帮

我办了图书证，并带我进到图书馆中向我一一介绍各个阅览室和特别收藏室的情况。后来的几年间，砂冈老师又陆续帮助从敦煌研究院来的学者们在早稻田大学办了图书证。

进入早稻田大学的图书馆才知道什么是一流大学的图书馆。大学的图书馆有三座，最大的就是新建成的中央图书馆，上下共有六层，除了善本书和特别收藏室外，全部是开架的。在地下二层，全部都是中文书，从古代的经史子集到当今最新的出版物，应有尽有。图书馆的每一层都有 6 至 8 台复印机，谁都可以把自己想要的资料随时复印带走，复印机是用收费卡的，学生可以在图书馆入口处的自动售卡机中买卡，复印的费用是日本全国统一的，10 日元一张，不论大小。当然，书库中的书也不是都可以出借的，较珍贵的或者因为只有一册的书，一般不出借，只能在馆内阅览。那些书就会在书脊上帖有红色标记。一些有特别收藏价值的书，因为太珍贵不能再让人翻阅，这种情况，一般是把书翻拍成缩微胶卷，查阅者可以在一个缩微胶卷阅读器上观看，尽管不如看原书那样方便，但起码可以保证图书馆的所有资料都能提供给读者利用。部分善本书如果必须要看原件的，则需要提出申请，在一星期前提交申请，由图书馆相关负责人查验，只要说明研究的目的，并有证明身份的证件，一般来说是很容易获准的，连我这个校外的研究者都多次获得许可查阅一些贵重资料。

想起20年前我在北京师范大学读本科时，虽说本校的图书馆也是颇具规模，在全国高校图书馆中名列前茅，但有名归有名，对学生来说，既不能开架阅览，借书又有很多限制，使我无法体会图书馆的优越性。

在早大的图书馆，我还看到一些特殊的书架，就是曾在早稻田大学工作过的一些教授，常常把自己收藏的图书资料捐献给学校，于是学校就在图书馆设立专门的书架，把捐赠的图书集中在一起，上面注明是某某教授捐赠图书专柜。图书馆的这种办法，使后来的师生们不会忘记这些教授对图书馆的贡献，同时，在这些图书专柜中，我们不仅可以了解这些专家学者的研究倾向，而且，其中往往可以找到一些出人意料的图书珍品。

在日本生活的头两年，我住的地方离早稻田大学不远，常常骑自行车到早大图书馆看书，因为总是在地下二层看书，感觉不到时间的变化，早上图书馆一开门就钻进去了，总是到肚子饿得咕咕叫时，才突然发现已经是下午两三点钟。时间长了就感到有些胃痛。图书馆又不能开手机，无法设定闹钟，于是我就在每次找来要读的书上大致推测所需要的时间，在书上夹上纸条，读到了有纸条的地方，就出去吃午饭了。

在日本的第三年，我开始自费读书，一边打工一边上学，精神的压力很大，我搬到了离成城大学较近的一个留学生会馆，并把新的住址告诉了砂冈老师，砂冈老师有一天打电话给我说：“你知道吗？你所住的地方离我家很近，欢迎你到我家来玩。”我从地图上查了一下，才发现原来从我的宿舍到砂冈老师家真的很近，骑自行车只要 5 分钟。

在我上学的成城大学，南面是“成城学园前”车站，这是一个大站，所以周围很热闹。在大学后面有一条河叫作仙川，顺着仙川往上游走去，就到了我住的祖师谷留学生会馆。步行的话，从学校走到宿舍大约需要 25 分钟。沿着仙川再往前走 25 分钟就可以走到砂冈老师家了。仙川的水很清，可以看得见有很多鱼，河边的树木很多，每到春天，樱花在河两岸盛开，同时，河边的油菜花也开了，黄澄澄的一片，呈现出春意盎然的景象，有时，在河边的滩头还可以看到鹭鸶、仙鹤等珍奇的禽鸟，有如仙境。

第一次到砂冈老师家做客，砂冈老师专门为我做了中国式的炒菜。她家里三口人，她和丈夫、儿子。她的儿子已经上高中了，

▲ 作者与砂冈和子老师在她的研究室（2009 年）

很喜欢踢足球，有时还学一点油画。砂冈老师每天都工作到很晚才回家，回家后又要做饭，忙里忙外，她很辛苦。但她总是很乐观，做起事来十分麻利，好像总有十分充沛的精力。后来，逢年过节时，砂冈老师总是要叫我到她家去。时间长了，我生活中有什么困难，总要跟砂冈老师谈谈，比如参加晚会穿什么样的衣服，系什么颜色的领带，到外地旅行的准备，在日本人家里住宿要注意的事项，等等，事无巨细，她总会给我很好的建议和帮助。

砂冈老师经常跟我聊一些中国现状的问题，如城市发展和污染问题、中国的教育问题、中小学生的负担问题等，我感到她对中国的了解比我知道的还多。当然更多的是集中到汉语的问题上来，因为这是她的专业。她还不时地找到一些适合我做的工作给我做，以此来给我增加一点经济收入，如临时性的翻译工作等，像《日中辞典》第二版有一些关于美术的辞条，就是她推荐让我写的。

1999年秋天，由于池田温先生的推荐，我第一次在东方学会上发表论文。到了会场，我一眼就看到砂冈老师坐在那里，我非常高兴，问砂冈老师怎么也来参加会议了。她说是从会议的通知上知道我有一个发言，就专门来听我的报告了。原来砂冈老师也是东方学会的会员。砂冈老师跟我说，东方学会在日本是一个很有影响的学会，包括很多学科，每年都有一次年会，通常有语言学、历史学、美术史学等几个会场同时开会，近年来，由于池田温先生的努力，敦煌吐鲁番学也常常单独设一个会场。东方学会的会议一般都是由学术委员会先确定该年度学会的主题，然后围绕这些主题有目的地邀请相关的专家发表研究成果，所以，在东方学会上发表的人一定是这方面有研究的专家，而在东方学会上的发言时间也较长，通常都有半个小时以上，这是东方学会有别于其他学会的地方。

“所以，能在东方学会上发表，一定是被选拔出来的研究者。我为你感到骄傲！”砂冈老师这样跟我说。我听了以后为砂冈老师这样关心着我而深感温暖。

在日本留学期间，虽然专业完全不同，但与砂冈和子老师的交往使我受益匪浅，不仅仅是因为能在早大图书馆看书，而更重要的是砂冈老师一贯的谦逊作风、工作的勤奋和一丝不苟的精神，总会在某些地方影响着我，使我对人对事不敢有所懈怠。

情系中国学子

（一）

“中国确实还很落后，很穷，留学生回国后的待遇也不可能很高。但是如果很多留学生都因此而不回国，不去改变中国的这种现状，那么中国又何时才能发展起来呢?”

离开西村三郎先生的家，西村先生的这句话一直萦绕在耳畔，令我夜不能眠。实际上，西村先生并不是什么名人，但得到过他的帮助，或仅仅认识过他的人，都不会忘记这一位热情、直率而又认真的人。

西村先生说他是一个工人，一辈子都跟机器打交道。在一所工科大学里，他担任技术辅导员，指导学生们机械操作的实习。在实习车间里，就有他亲手制作的机器和各种零件。他的两个女儿，一个大学生，一个硕士生，学费和生活费都得靠他支付。在日本这个社会里他不仅算不上是高收入的阶层，而且简直就属于

▲2000 年，西村三郎先生与夫人静子在兰州理工大学（原甘肃工业大学）（西村先生提供）

穷人的行列，然而他却不遗余力地帮助中国留学生，已经为三名中国留学生做过经济担保人。

西村先生喜欢中国，他不仅时常阅读中国历史文化的书籍，而且十分关心中国的发展现状。有一次被邀请到西村先生家过年时，我们谈到了中国体制改革的问题，西村先生起身去书房，取出了一本日文版《资本论》，翻出其中有关资本主义和社会主义的论述。他的夫人和女儿都笑着说：“瞧，这人的书呆子劲又上来了！”

我看到这本已经很旧了的《资本论》里面，有很多用铅笔划过的道道，还写了不少密密麻麻的注记。非常惊叹他作为一个工科的专家，竟对政治经济学的问题花了如此大的工夫和精力。

前些年，西村先生去中国。旅行中得知有不少偏远地区儿童失学的情况比较严重，于是就设法与中国“希望工程”的有关部门取得联系，资助两名儿童上学。

一晃六年就过去了，由于西村先生连续的资助，两位宁夏的

▲1997年在西村先生家（左二为西村先生，左一为西村静子夫人）

女孩经过勤奋学习，去年小学毕业后，顺利地考入了城里的中学。当我把那位小学生的一封信翻译给西村先生时，看得出先生很激动。他说：“别的不说，她写的将来要为家乡建设作贡献这一点我很满意。”接着他跟我说：“其实资助一名中国儿童上学的费用，每个有正常收入的日本人都出得起，我不是大款，不能捐很多钱，所以，选择了这一种比较实在的方法，去真正帮助那些最需要帮助的人。”

1999年，西村先生退休了。他觉得没有了工作的拖累，可以干一些自己想干的事。首先他想到中国去，委托朋友联系了某省一所师范学院，在那里教日本语。向来办事认真的西村先生提前两三个月就开始准备到中国所需的教材、资料等，除了最新的日语教材、词典之类以外，介绍日本文化所需的资料，诸如茶道的用具等都准备了。夫妇俩出发时带的七八箱行李中，除了两个箱子是生活必需品外，其余的都是教学所用的资料物品。

去中国之前，他特别强调他是为了帮助中国学生而来，不要什么“外籍专家”的特殊待遇，工资一定要与中国普通教员一样。只要能维持生活就行。

结果，真的如西村所希望的那样，他成了中国大学里待遇最低的外籍教师。但西村先生也从不表现出赞助者的姿态，而是同在日本工作一样，兢兢业业地努力工作。不到半年的时间里，他赢得了广大学生和老师们发自内心的敬佩。他的宿舍里不断有学生和老师来拜访。有的是来请教问题的，有的是给他送一些生活用品或食品什么的。为了不影响教学工作，他不得不在门上贴出日程表限制来访的时间。

一个学期结束了，我在东京又见到了假期回国的西村先生。他十分感慨地说："中国学生的学习劲头确实很大，太让人感动啦。凭这一点，中国将来就有希望。我们谈到中国的大学生与日本大学生的比较，谈到中国人的好学勤奋。但有一点令西村先生不安的是，他在中国也发现了很多大学生都想出国留学，但有很多是只想出国、不愿回国的。西村先生诚恳地说："每个国家的建设阶段都是很艰苦的，日本过去也是这样。中国这么大，困难当然就更大了。如果留学生们都不想回去，不仅使国内的大多数人失望，我们作为外国人也同样感到失望。"

（二）

在一个春光明媚的下午，利用回国探亲之机，我来到兰州理

▲ 西村三郎先生（右二）与夫人（右一）与学生们在一起(西村先生提供)

▲ 作者与西村先生在兰州理工大学（原甘肃工业大学）（2001 年）

工大学（原甘肃工业大学）拜访西村三郎先生。西村三郎先生先是在山东省的一所大学当了外语教师，在山东度过了忙碌的一年后，又应邀来到了兰州理工大学任教。这里的日语教学刚刚开始，学生大多是从零开始的，怎样使学生们很快地进入日语的环境，西村先生和夫人静子花费了极大的心血。在西村先生的家里，我看到了厚厚的两本初级日语辅导教材，那都是西村先生和夫人专门为这里的教学而编制、打印出来的教材。那是在他们夫妇来兰州理工大学之前，在东京的寓所忙碌了多少个日日夜夜的结晶。看到这样厚厚的教材，不由得感慨万分。我问西村先生："学校里没有教材吗?"西村先生拿出了《新日本语》《标准日本语》等好几种教材给我看，他说这些是比较流行的教材，然而要考虑到学生们的进度及各个地方学生的不同特点，为了确实让学生学好，还是要自己编教材。——我知道这是日本式的思维方式，在日本当老师都要尽心尽力地让每一个学生能学进去，能学好。因此，就得因材施教。可是，这样一来，西村先生要付出多少倍的精力啊。根据前一回在山东教学的经验，西村先生又改进了教材，他根据学生的特点和教学的进度陆陆续续把这些教材发给学生。而这大量的印刷和纸张费用，都是西村先生自己承担的。

为了让学生们尽快地掌握并利用所学的日语知识，西村先生和夫人每天都要在他们的寓所接待前来练习会话的同学，他的家又成了学生们的日语沙龙。过去很多学外语的同学都有这样的体会，学了好几年的外语，突然间遇到外国人，却往往听不懂对方说的是什么，更不能把想说的话说出口。然而在西村先生的精心教育下，这个班的大部分同学在日常会话方面都达到了一定的程度，这使同学们在精神上受到极大的鼓舞。

在西村先生的房间，我还发现有大量的学生来信。原来，西村先生曾经在山东任教的那所大学里，很多学生一直跟西村先生保持着联系。西村先生差不多每天都要收到学生的来信，西村先生和夫人是每信必复，他们耐心地指出学生们来信中的日语语法错误，一一解答他们提出的问题，并不断地给学生们热情的鼓励。由于每天教学都很忙，晚上又常常要跟同学们练习，他们夫妇俩常常工作到深夜。

我随便抽出几封信来读，发现同学们都把西村先生和夫人当作知心朋友。除了谈学习的问题外，还把自己碰到的喜悦和苦恼向西村先生倾诉。一位同学向西村先生介绍了最近上映的电影《刮痧》，把自己看后的感想告诉西村先生。一位同学谈到自己的

▲ 西村静子夫人用漫画为学生们讲解日语（西村先生提供）

姐姐找工作难，以及自己毕业后的打算。还有的同学谈了自己找工作的体验……这些用日语写的信件虽然有不少语法和用语的错误，但那种真挚求学的精神，以及对西村先生夫妇无比信赖的感情跃然纸上，读起来令人感动不已。

西村先生的客厅里放着很多拖鞋，那是专门为学生们准备的。每天晚上都有学生到西村先生家里练习日语会话，以前，即使是外语学院的日语专业，也都是在大学三、四年级以后才能直接听外教的课，而在这个学校，日语专业一年级的学生就直接在西村先生的指导下进行日语会话了。有不少学生都是从零开始的，由于学生们的基础还很差，对于不会汉语的西村先生来说，教学工作的艰难是可想而知的。西村先生通过增加会话的练习来提高学生们的外语能力，西村夫人也积极地协助丈夫的教学工作。本来西村静子女士到中国来是想能有机会学习中文的，但一看到西村先生那样投入地工作，她也不由得竭尽全力来配合丈夫的教学工作。所以在中国两年来，她还是没有能够专心学习中文。为了学生，他们俩几乎牺牲了全部的休息时间，微薄的收入也全都用到了学生们的学习上。在西村先生和夫人的身上，体现出一种对事业兢兢业业、精益求精的执着精神。

（本文第一部分原载《华风新闻》2000 年 2 月 1 日，第二部分原载《都市天地报》2001 年 11 月 15 日）

伊豆看海

（一）看山看海

海すこし近くなりたる二月かな

在《每日新闻》上看到这样的俳句，仿佛是在咏叹我的心事。

西村先生知道我是最喜欢海的，跟我打电话说：明天去海边吧，还可以泡温泉。

于是，我们走向了伊豆。这是从东京往南部伸入海中的一个很大的半岛，伊豆的美景，伊豆的浪漫，很早就在川端康成获得诺贝尔文学奖的小说《伊豆の踊り子》（中文译作《伊豆的舞女》）中表现得淋漓尽致，连通往伊豆的电车都以“踊り子”来命名。

川端康成的时代已经比较遥远了，但这里的温泉依旧，山也依旧，海也依旧。

看富士山，是日本人的一大乐趣，比起中国的黄山、华山等等名山来，富士山简直可以说是单调极了，只有一个三角形的山峰。但是不知为什么，日本人世世代代都在为看到富士山而激动。古往今来日本的多少伟大画家，在他们的名作目录中总会出现富士山的名字。江户时代著名的浮世绘师葛饰北斋就创作了“富岳

▲ 从大室山眺望富士山

三十六景”，专门描绘富士山有不同景象。此外，还有歌川广重等浮士绘画家也常常以富士山作为绘画的主题。从富士山可以看出日本民族的某种凝聚力。

热川的大室山是一座小型的死火山，因为从这座山上可以看到富士山，这里便成了旅游的好地方。刚下电车，就发现山上浓烟滚滚，很多人都拿出相机，争先恐后地拍照，我以为是火山爆发的奇景，暗暗庆幸能碰上如此机会。后来才知道，这是本地的烧山活动。由于这里曾经是火山，山上没有树林，只是长草。每年都要举行一次烧山活动，把山上的草烧过以后，春天长出的草就更旺盛了。山上的浓烟消失后，我们来到了山顶。积雪覆盖的富士山呈现在我们的眼前。

西村先生说，由于这一带常常有云，富士山大部分时间是在云环雾绕之中，真正能清楚地看到富士山的时间，一年中只有一百多天。看来今天是很幸运的，天气真是太好了。

由山转向海，乘巴士也只是十几分钟之事。热川的海洋公园就在大海边。说是公园，其实就是一个大花园，黄黄的油菜花已经开得很艳，在后面的深蓝色的大海映衬下，更加艳丽耀眼。在我的印象中，东京能看到油菜花应该是三月份以后，看来，这里

▲ 葛饰北斋浮世绘《富士山》

由于接近大海，气候要温暖得多。树上的寒樱已经开得谢了。紫色的，玫瑰色的，还有白色的三角梅正张开它的笑颜。还有很多不知名的花把世界装扮得五颜六色。

“伊豆的海为何这样蓝啊，真令人吃惊！”我不由得向西村先生问道。

西村先生说：“我也不知道怎么会现出这种颜色。这里面对的是太平洋，海的颜色真是很特别啊。在日本可以看到三种颜色的海。若是你到新泻一带，看到的是面向西方的日本海，那里的海颜色是黑的。如果到四国一带，看濑户内海，则是绿色的。”

是的，我想起多少年前曾去过四国的德岛，专门去看了濑户内海，真的就像东山魁夷画中所表现的一样，是那种绿色的不断地翻腾着巨浪的海。或许正是这些不同的颜色，使日本的艺术家对海的表现特别丰富。在浮世绘中有葛饰北斋表现大海巨浪，也

▲在海洋公园看大海之一

有歌川广重表现深蓝色的海。《东海道五十三次》的组画中，也有伊豆的海景吧？

这样想着，不由对海看得入神了……

▲ 在海洋公园看大海之二

（二）月光下的温泉

要是没有温泉，日本的文化将会失去多少美好的东西。

日本列岛有大量的火山，有的是死火山，有的却是活火山。火山运动的一大好处，就是会形成得天独厚的温泉。有了温泉，便有了日本的温泉文化。要是没有去过温泉，是很难体会到日本文化的一些独特之处。温泉文化形成了日本浮世绘艺术中的重要主题，温泉还启发了像川端康成这样伟大作家的灵感。温泉也使这个像工蜂一样忙碌一生的日本民族有了一种缓解疲劳的有效方法。

在日本，如果有朋友邀请去泡温泉，大约已经是关系非常密切的朋友了，因为在温泉里可以裸体相见，显然不是一般的朋友。留学日本期间，也曾多次受到朋友邀请一起去泡温泉，那真是一种十分美好的享受。

伊豆半岛上各处都有温泉，风景又好，向来就是很吸引旅客的地方。我们住的温泉旅馆就在海滨，吃过晚饭，就奔向了温泉。

日本人说“ふれあい”，有“接触”“交流”的意思。把很多人一起入浴的大浴池称作“ふれあい湯”，就是表明在浴池中有着

交流与接触的意义。现在的浴池都有非常新的设备，温度也有不同，大浴池中至少有三个以上不同温度的大池，通常的温度会在40度左右，有的池中从水底冒出水来，有的则是从侧壁冲出水来，坐在其中自然有按摩的效果。露天温泉是最让人心情舒畅的了。一般来说露天温泉也有两种，一种是男女混浴的，一种是男女分开的。男女混浴的，就必须穿泳装，就像到游泳池一样，那样的温泉是敞开的，在其中泡着温泉，看着周围的自然风光，特

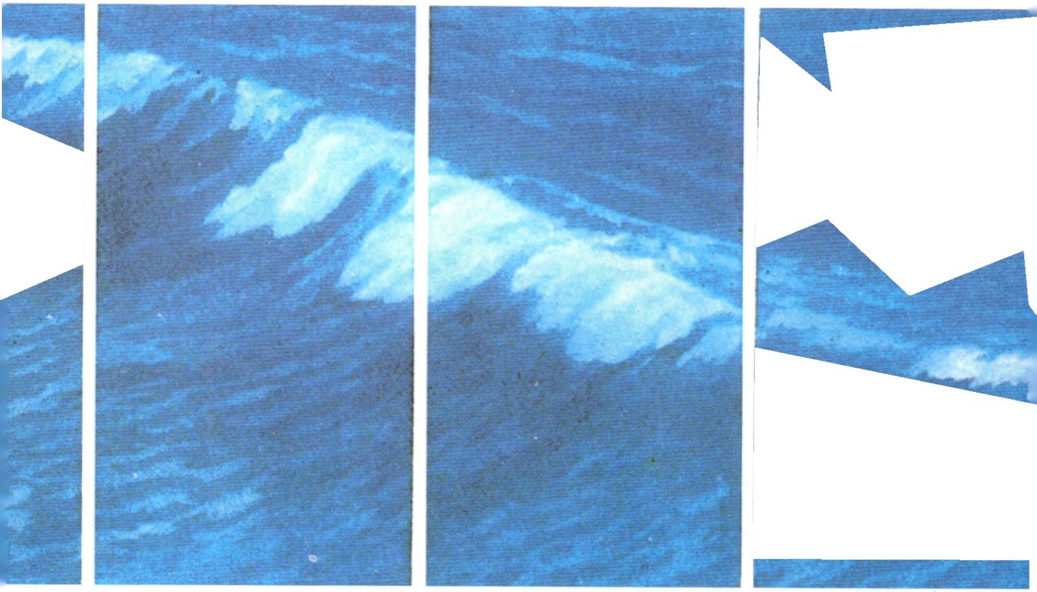

▲日本画家东山魁夷笔下的大海

别是在春天樱花盛开的时节，或者秋天红叶耀眼的场景，是最让人着迷的了。男女分开的露天温泉，要设置在外人不能看到里面的地方，所以从温泉中看到的景色也会受限制。但能在自然的环境中沐浴着温泉，总是令人愉快的。

受不了太高的温度，我移到露天的池中，这里正可看到远处的大海，月光下，海水泛着银白的粼粼波光，点点灯火移动，那是海上行走的渔船吧。近处山崖上的树枝在风中摇曳，仿佛是梦

▲伊豆的清晨

幻中的景象。

清晨5点，东方的晨曦洒在窗帘上，来到阳台，迎接这令人怡然的朝霞。西村先生又催着我去温泉。啊？这么早就要泡温泉啦？

莫道君行早，更有早行人。当我们走向温泉时，已有不少的人泡过温泉成群结队地返回了。“早上好呀！”——大家都心情愉快地相互打招呼。

真是很特别，清早进入温泉的感觉与晚上完全不一样。尤其是在温泉的热汽中，看着朝霞映在远远的海上，身体也似乎变得很轻很轻，飘摇在云雾之间了。清风徐来，看到近处的樱花正开得艳。

天气已不像昨天那样晴朗，又起风了。但离开之前，还是想近距离感受一下大海。于是下到海滩，看着不停起伏的波浪发呆。

(2009年2月重访东京，西村三郎先生邀我到伊豆看海，因以为文)

松川日记

第一天

人生有时总会出现一些回归，而走上那熟悉的道路，总会使人产生很多亲切的回忆。

到日本后第一次与普通的日本人接触，那是 1996 年的夏天，参加了由日中友好协会组织的民宿活动，在长野县南部的饭田市。长野县下伊那郡日中友好协会的长沼先生和中平章先生陪同我们游览了中央阿鲁普斯山和天龙川，从而结识了中平章先生。其实那次我没有安排在中平先生家住。但一路上我们谈起中国文学和历史，中平先生意犹未尽，便邀请我再次去他家住。是年秋天，我来到了饭田市附近的松川町，住在中平先生的家。中平夫妇领着我游览了群山环抱的木曾古道，充分领略了满山红叶之美。从那以后，每年与中平先生通信往来，中平先生只要来东京，我们一定是要见面的。每年总要收到中平先生寄来的一箱梨或者苹果，那都是他家果园中摘下的。中平先生和夫人总是叫我再去他们家玩，但六年来忙于学习，一直抽不出时间再去松川。眼看我就要完成学业回国了，中平先生很着急，利用来东京开会之机，专门与我定下了春天去松川看樱花的时间。一来我已经取得了博士学位，二来想到回国后再也没有多少机会了，这次无论如何也要到

▲ 松川原野的樱花

松川访问中平先生了。

初到日本时认识了松川，最后的时光，又访问松川，仿佛意味着我的日本之旅与松川有着割不断的情缘。

带着几多美好的回忆，长途汽车已进入了长野的山区。在东京，樱花早被雨打风吹去了。而在长野县中部的陬访附近，樱花正开得花团锦簇艳丽无比。由陬访向南，气温渐渐有些凉了。远远看见积雪皑皑的南阿鲁普斯山脉像一条白色的卧龙。西面的中央阿鲁普斯山则云气葱笼，宛如一幅水墨淡彩画。想起那一年我初到松川，天下着濛濛细雨，望着远山也正像一幅水墨山水画。只

▲ 松川小镇的樱花

是今天是晴天，雾是淡淡的，山中黄一片，白一片，鲜花盛开，十分明净。

中平先生依旧开着那辆灰色的轿车来接我。天色还早，中平先生想让我看看松川周围的风景，便驱车驰上蜿蜒的山路。山上的樱花才开了三分，要完全盛开可能还得一个多星期。而俯视下面的天龙川沿岸则正是樱花满开的时节。远看丛林，点点新绿正散发着生机。与秋天的景色迥然不同，黄色的迎春花、红色的梅花开得灿烂无比。沿途看到河边的桃花、李花竞相争艳。还有玉兰花也已凌然绽开。这似曾相识的景象总使我想起云南的故乡。车停在一株被称作“原田樱”的树前，中平先生告诉我，这是一株有着400年历史的樱花树，粗大而且分枝的树干，给人一种岁月沧桑之感，然而艳丽的花朵依然是那样迷人。树的后面遥遥可见南阿鲁普斯山积雪的山顶。

晚上我们来到一处叫作“清流苑”的温泉。以前来松川时也是在这个温泉入浴。最使人难忘的就是这露天温泉了。在大浴池的门外，有一个庭院，院里是石头铺出的一道曲折的小路，路左侧就是由大石头砌成的温泉水池，池上建有一个木亭。躺在水池中，仰望天空的明月和星空，实在令人心旷神怡。中平先生情不自禁地哼起中国歌曲《月亮代表我的心》，我也跟着唱起来。宁静的夜，空旷的星空，温泉的热汽中弥漫着我们两人忘情的歌声。歌声嘎然而停，我们俩相视大笑。

出了温泉，由中平夫人驾驶汽车，我们又去寻找夜樱。山中之夜，寂静无声，路上很少见得到车辆。来到一所小学的校园，操场周围的樱花已满开了。这里没有灯光，只见明净的月色中，樱花散发着淡淡的荧光，如那湖水在夜色中的点点反光，又如星光闪烁，那样神秘。这里的樱花绝不像上野公园那样嘈杂，你会感到她保持着山里特有的一种纯朴和芬芳。

第二天

在小鸟欢快的叫声中醒来。

好像是童话中，或者是动画片中的景象，却又是这样真切。小鸟真的就在我的耳边唱着。朗朗的阳光照进了屋子，想到周围的风景，我一骨碌爬起来，推开窗户，晨曦中的南阿鲁普斯山绵延不绝，雾霭回绕。远处的农家炊烟袅袅。白一片红一片的，那是中平先生家的桃树和苹果树花开正艳。

中平先生老早就起来了，他正在给他家的狗送食，狗高兴得跳来跳去，似乎要在主人面前显示自己的力量。远处已传来农用机器的隆隆声。乡村的一天又开始了。

中平先生一早就去上课了，中平夫人惠子陪着我吃早饭。

中平先生家里仍然挂着我以前送给他的诗：

朝辞长野原，船下天龙川。
浪急涌峭壁，涛飞光潋滟。
岸侧观垂钓，舟中谈古典。
芭蕉今何在，水声犹依然。

我把我写的诗用日语给惠子讲解。日本人把中国的格律诗叫做汉诗。她说她以前也读过汉诗，日本的课本里有不少汉诗的，只是要用日语的读法。她学过日本的短歌，有时也写一些。我说这很有意思啊，多写一点说不定还可以发表呢。她不好意思地说：“倒是发表过一些，要是有兴趣的话可以请你看看。”看着我充满好奇的神色，她跑到里屋，不一会抱出一大摞书来，说：“并不完全是我的，只是每本中都有一点儿。”我一看，原来是《NHK短歌集》《信州短歌集》等，原来 NHK 电视台每年都有全国性的短歌比赛，入选的就可以收入短歌集中出版。她已经有三年入选，其中 2000 年获得了 NHK 学园生涯学习秋田短歌大会“特选奖”，另一首短歌还获得了同年度全国短歌大会“秀作奖”。我看着这两份奖状，着实吃了一惊。原以为她只不过是一个爱好文学的普通的家庭主妇，没想到她的短歌其实达到了很高的造诣。本来，在日本多年，很多次经验已经使我不敢小看普通的日本人，特别是家庭主妇。因为她们有时会一心一意地干出一些难以置信

▲ 中平惠子的俳句入选在《年刊短歌集》中

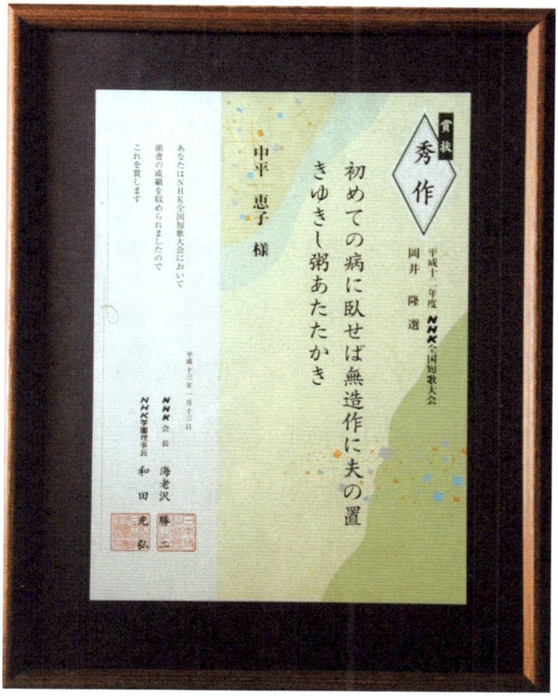

▲ 中平惠子获得“秀作奖”的奖状

的事业来。正好应了那句古话，“精诚所至，金石为开”。其实，做什么事情，倒不一定非要做出一副干大事业的样子，对于日本人来说，也许在这样偏僻山区的普通家庭主妇突然取得 NHK 全国短歌大会的大奖这种事情，并不是什么意外的事。这也是我在日本常常受感动之处。

我慢慢地读着这些极富有生活气息的短歌。惠子获得 NHK 短歌大会“秀作奖”的一首俳句是：

初めての病に卧せば無造作に夫の置きゆきし粥あたたかき

(中文大意：初次病卧，丈夫无做作地放置床头，温暖的粥。)

对于日本人来说，长期以来男人只在外做工，家庭主妇负责做饭持家，男人要做饭这样的事是不可思议的。而在妻子有病时，丈夫递上一碗温暖的粥，更多的是情感的温暖。显然这样一首短歌，表达了夫妇的亲切与温暖情怀。短歌的意义就在于用极短的词句来表达丰富的思想感情。这需要对生活的观察与提炼。

幼子の初めて知りしユキの言葉、小雪の中に足跡つけゆく

(中文大意：小孩最初知道了“雪”这个词，在小雪中踏着足迹前行。)

嫁ぐ娘は心のうちを告げぬまま文に託してさりげなくゆく

(中文大意：出嫁的姑娘，心事藏在心中，假装若无其事地走了。)

我细细品味着这些充满情怀的短歌，惊异于中平夫人的文学天赋，出于编辑的职业病，问她为什么不出版一本个人的短歌集。

她却笑着说：“我并不太在意这些短歌，有歌的时候，便写下来。没有感想的时候，你硬要写，写出来也是没有意思的。其实我喜欢的还有别的事，我可以让你看看我的‘秘技’。”（日语有“隐艺”这个词，意为平常不示人的技艺，中文没有对应的词，只好译作“秘技”）我跟着她来到里屋，她打开电视，放进一盘录相带。在日本传统的歌谣声中，三个身着和服的妇女手拿扇子，慢悠悠地舞起来。仔细一看，左侧的身材较高的一人正是中平夫人。

大约是五年以前，中平夫人开始学习日本传统民谣舞蹈。“年纪这么大了，手脚都不如年轻人灵巧，很多动作是学不像了。但我们也就当作锻炼身体吧。大家跳一跳，都学得满有意思的。”她说起舞踊来，那样眉飞色舞。看得出对她来说，舞踊的乐趣更大得多。她们常常在公民馆练习，每年夏天到秋天，按日本的传统，总是要举行各种庆典活动，日语称为“祭（まつり）”。那时她们就要登台表演了。穿着华丽的和服，手持折扇，眼神随着手势而动，在音乐的节拍中，她们表演得十分投入。按不同的曲调，可以感觉到或欢乐、或悲痛、或忧伤、或喜悦等的情绪。有的是表现农业生产或生活的场面的，还有表现武士或男性动作的。

我们突然想起该去看樱花了。昨晚中平先生及夫人领我到附

▲高森小学的樱花

近的高森小学，看到满园的樱花已经盛开，便打算第二天天亮了再来看。于是我们驱车来到了高森小学。沿操场一带，多云的天空映衬着粉白的樱花静静地盛开着。这里绝不像上野那样嘈杂和拥挤，只有本地的几个老年人在樱花树下张望。教室里不时传来孩子们琅琅的读书声，东南方向，透过樱花树丛，可见南阿鲁普斯山顶的积雪。如此气氛中赏樱还真是第一次，一种平和美丽的感觉，犹如淡而醇的日本酒，感到甘甜无比的醉意。我觉得怎么拍照也不能表现出樱花的这种美感。

不一会，下课了。正好是吃午饭的时间，老师叫学生们到樱花树下铺开塑料布，在树下一边赏樱一边吃饭。日本的小学是统一给食制，看到值日的学生正认真地给同学们盛饭菜，真是无比羡慕。在这样美好而温馨的环境中学习是多么幸福啊。

▲ 在樱花树下活动的学生们

我们在一个叫东京屋的日本料理店吃了午饭，然后要去小木曾家。路上，中平夫人说起小木曾的故事。

小木曾千春是中平惠子的邻居和好友，我第一次住在中平先生家时，千春也被邀请来一起吃饭。那以后与中平先生联系的同时，也常常与她书信往来。对我来说是为了学习日语，时间长了，自然就成了友人。

十多年以前，小木曾千春的丈夫去世了，三个孩子和一片梨匠就靠千春一个人来照料，生活十分困难。特别是她的大女儿美和从小就因病成为残疾，个子长不大，智力也有障碍，给她帮不了忙。二女儿长大出嫁了，小儿子最近总算找到了工作。千春是一个能干的人，她一直拼命干活。而不幸的是五年以前她得了乳腺癌，虽经治疗已经痊愈，但手术以后她的体力大不如以前了。由于昂贵的医疗费用，迫使她把重要的家产——梨园卖掉了。这样她不得不到处打工，每天跑来跑去，十分辛苦。

得知我要来松川，千春热情地要给我当向导，领我去山里看樱花。并执意要我在她家也住一晚，这样中平夫人让我今天就把行李搬到了小木曾家。

车开到小木曾家门口，这是一座日本式的平房，左侧是一个小庭园，入口处黄色的棠棣花稀稀落落地开着。正门面对着一大片梨园，中平夫人说，那就是以前千春家的梨树园，过去农忙时节，惠子也常常来这里给千春帮忙。中平夫人叫了一声，千春已急匆匆地跑了出来。我把行李放下，换乘千春的轿车，往东南山中的大鹿村驶去。

千春干起活来真是风风火火，与惠子完全不同。惠子开车是很安稳的，转弯的时候也不用在意。可是千春开车速度极快，山路的弯道又多，有时对面会突然出现车辆，急刹车的情况也时有发生。中平夫人很担心，问我会不会晕车。我说没关系，我的老家云南的山路比这还要可怕。

跨过天龙川，渐渐地进入了南阿鲁普斯山中。看到远处的雪山越来越近了。我们沿着小河边弯曲的道路行驶，左侧是壁立的峭壁，有时会见到山崖上的泉水飞流而下；右侧的河水清澈碧绿，河两岸的树木刚刚冒出新芽，山风一片嫩绿摇曳，仿佛是流动的淡淡的绿雾，映出一片春意盎然。

到了大鹿村，这里有一个大西公园。好多年以前，由于大雨造成山体大面积滑坡，埋没了很多人家，夺走了四五十人的生命。为了纪念死去的人们，在这里种植了数百株樱花。在靠近山崖的高台上，造了一身观音菩萨的铜像，人们希望观音菩萨能保佑他们。

原来这里地势太高，气候较寒，樱花还在含苞待放。我们来到台地东头，这里有一片樱花（大约是寒樱）已经开放。樱花后面可见远处的雪山及山下蜿蜒曲折的河流，还有河边的农家景色。虽说不能见到满园盛开的景象，但这高山、清流与樱花融在一起的风景，令人难以忘怀。

▲ 大鹿村的樱花

不知道为什么，这一山一水总使我想起家乡云南。一面是悬崖绝壁，一面是深谷河流。这样似曾相识的道路，是那样熟悉。

越过天龙川，我们的小车又急匆匆地冲上了西边的山坡，这时下起了小雨，云雾中的松林、竹林和樱花像动画片一样急速地移动。

▲ 千春与中平夫人

小车在一个斜坡上停住了，千春说这是她工作的地方，想让我们去看一看。原来这是一处老人院。前些年千春考取了护理的资格，终于找到了现在这个工作，比起以前干农活来，轻松得多了。通常这样的工作不会要六十岁以上的工作人员，她已经六十二岁了，也许不久也需要进老人院了。但凭着她的勤劳、热情与执着，还是得到了这份工作。

在一片翠竹林中，一座一座造型别致的平房由走廊连接起来。房间里的设备都很齐全，老人们正在安详地进餐，几个护理人员忙来忙去。我想在这样的地方工作也会是心情愉快的吧。

晚上回到了小木曾家。千春的大女儿美和给我端来了茶。她打扮得像一个男孩，面带微笑跟我打招呼。千春告诉我，美和是1964年出生的。我说，正好和我同岁。屋里十分整洁，一进门迎面有一个壁厨，里面挂着我以前送给她的敦煌菩萨的拓本，前面花瓶里插放盛开的樱花。日本人注重季节的美，插花也一定要显示出季节的美来的。只是大都市的人家一般也就是插一枝花，显得孤单，千春家的花瓶里插得满满的樱花，体现出农村的朴实与

▲ 小木曾家的客厅

▲ 相聚在小木曾千春家

豪放。客厅里正面挂着一幅书法，那是三年以前我送给她的，经过精心装裱，看起来很漂亮。千春让我到前面一间屋子看一看，那里挂着一幅山水画，原来也是我最初送给她的一幅水墨山水画。在这样的地方，品味自己以前的书画作品，心里确也是美滋滋的。

千春说二女儿直美白天专门来帮她收拾家里，所以才这样整洁。虽然千春总是说她是农村的穷人，但从这房间的摆设和装饰来看，丝毫也看不出穷人家的样子。

因为听说我喜欢吃生鱼片，千春特意买了很多生鱼片来，又做了很多可口的菜。中平章夫妇也在这里一起共进晚餐，十分热闹。千春的儿子真治回来得较晚，真治的个子很高，说话声音也很洪亮。他刚进到一家公司工作，收入还算不错，每个月他要拿出工资的一半交给母亲，成为这个家庭的重要支柱。我们说起数码相机的事，真治也兴致勃勃地拿出他的电脑，把今天拍的照片输入电脑中。

中平先生跟千春说：“真治很让人吃惊啊，前些年还像小孩似的，一下子就成大人了，懂得了那么多事情，完全是一个老练的社会人了。”

第三天

可能是昨晚喝的酒太多，早晨醒来感到十分疲惫。听得外面淅淅沥沥的雨声。千春一大早就忙来忙去，地板上回响着她急速的脚步声。

长长地打一个哈欠，慢慢地从塌塌米上爬起来。拉开窗帘看着外面小小的庭园，挺拔的松树与旁边的槐树及杂木都经过精心剪枝。树木之间疏疏落落放置一些石头，也颇有艺术性。日本有句俗话说：穷人无闲暇。即使这样，千春的门前屋后、周围的环境也可以看出井井有条的样子。

千春把广播的声音弄得很大，大约是想叫醒儿子去上班吧。过了一会儿，听到真治在洗脸的声音了。我也开始收拾被褥。在中平先生家，中平夫人不让我干活，我倒觉得自己像个多余的人似的。在这里，虽说千春也不想让我干活。但到底她太忙，这些收拾的工作，也就由我自己来干了。日本人住房的特点就是白天把被褥都放在壁柜里，到晚上睡觉时才搬出来。因此，每天起床后就得收拾被褥。然后在屋中央放一张矮桌子，周围放几个布团，人们坐在布团上，围着这张小桌子喝茶或吃饭、聊天。现在天气还冷，在小桌下面设置了电热取暖设备，然后在上面罩上一块方形的被子，称作“被炉”（こたつ)。人们坐在桌子周围把脚伸到被子下面，就很暖和了。过去是用炭火取暖的，现在改用电了，既干净又安全了。

我洗漱完毕，小木曾千春招呼我过去吃早饭。我们继续聊着家常，说起我的老家云南，还有我爱人的老家酒泉。她马上找出一本很详细的世界地图，找出中国部分，让我指给她看昭通和酒泉这两个地市。然后我给她讲了酒泉这个地名的来源：汉武帝为了犒劳远征西北的将军霍去病，派人不远万里送了一壶酒给霍将军，可是霍去病想：这么一壶酒怎够我数万名士兵喝呢？他想出了一个办法：把皇帝送来的酒倒在一口井中，让所有士兵都从这口井里取一点水喝，使每个士兵都分享到了皇帝的御酒。于是兵士们对霍将军十分感佩，群情振奋，终于战胜了匈奴。

千春听得入迷了，她说："我很喜欢中国的历史故事，以前看过有关《三国志》的书，尤其喜欢孔明、刘备、关羽等人物。还是中国历史悠久，有那么多有意思的故事。"接着，她找出了以前看"中国国宝展"时买的画册，兴味盎然地翻开来欣赏。我想起了那是两年以前，我的作品参加"日中和同美术展"时，她与中平惠子专门到东京来看我的画，然后我就领她们到国立博物馆看当时正在举办的"中国国宝展"，她一直把展览的画册珍藏着。

正说着话，中平先生和夫人已经开车来了。按计划今天是大家一起去饭田美术博物馆参观的。现在正好有一个叫菱田春草的画家展览。中平先生说我是研究艺术的，跟我一起看美术展览是很有意思的。车在雨中行驶，细雨中看樱花，正所谓"雾中花、镜中月"，别有一番风味。

▼菱田春草《菊慈童》

菱田春草（1874—1911）这个画家在日本近代美术史上具有一定的影响，以前知道他的名字，但却不知道他就出生于饭田市。想到这周围有着如此美丽的风光，是应该产生一些画家的。去年在长野北部参观东山魁夷馆时，也有过这种想法。菱田春草才活了 36 岁，也没有创作出太多的作品，但却有一些令人感动的可以称得上是大作的东西。如这里展出的《菊慈童》被称作是“朦胧体”绘画的代表作，还有组画《春秋》，明净而富有装饰性。当我站在屏风画《落叶》前面时，感到自己好像站在树林中，风萧萧带着几多落叶而来，地下的树叶也都在动，这似乎不是一幅画，而是一幕立体电影，而且我自己也在这画面中了。

菱田春草和横山大观这些大师们开创了日本绘画的新道路，从此，日本绘画在世界画坛上占有越来越重要的地位。

中平先生给我买好了下午返回东京的车票。中平先生下午要工作先走了，还有几个小时，我们就到小木曾家去喝茶。

沏上一壶茶，话题渐渐集中在汉诗上，我送给千春的书法写的是苏轼的诗句“洞箫声断月明中”。她希望能找到全诗，就把她家有关汉诗的书都找出来，我们查找了半天，还是没有找到。原来日本有关汉诗欣赏的书，选的都太少。但却找到了一首大家都挺怀念的诗，就是王维的《渭城曲》。那一年我第一次到中平先生家住宿时，也是谈到了这首诗，我喝了一些酒，乘着酒兴便唱起了由这首诗谱曲的《阳关三叠》。没想到小木曾却十分感动，后来她跟我写信时说："听到这样感人的歌曲，特别难忘。"今天千春先前就准备好了录音机，要我再唱一遍录下音来。我觉得这两天没有休息好，嗓子干涩，怕唱不好。但也不好让大家扫兴，便拖着沙哑的嗓子，唱起了《阳关三叠》。二人听了都来了兴致，她们又用日本式的唱读法，把王维的这首诗唱了一遍。我觉得日本式的唱读怪有意思的，请她们再唱，于是又找出了别的汉诗，操着不同的腔调，竟都认真地唱着、唱着……最后，中平惠子突然惊叫道："哎呀，小赵的时间怎么样了?"大家才发现离出发时间只有10分钟了。平时做事就像演古典舞蹈一样慢悠悠的惠子，这时却快得一个箭步奔向汽车，先把车发动起来，我赶紧把行李提上，三人匆匆坐上车，飞也似的驰向长途汽车站。小木曾家附近的路很窄，一路上险象环生。总算还提前了一分钟到达车站，大家都松了口气，望着开往新宿的汽车渐渐地近了。

感悟之人生

大学时代的 20 世纪 80 年代初期，正是日本电视剧在中国大为流行的时代，而《排球女将》曾经激励着多少中国的年轻人为自己的理想而努力奋斗。那时，“拼博”一词是广大的青年发自内心的呼声，成为流行的时尚，而排球运动员小鹿纯子这一形象便成了青春的偶像。

▲ 小鹿纯子——《排球女将》剧照之一)

事隔二十多年，当我结束了日本七年的留学生涯回国时，在日本相识的友人，在早稻田大学取得 MBA 回到浙江大学任教的夏瑛女士给我寄来了一本奇特的书《觉悟之护理》，是当年扮演小鹿纯子的荒木由美子所写的自传，并邀请我把它译成中文。得知阔别二十年的小鹿纯子的消息，我十分惊喜，更没有想到自己能有机会为小鹿纯子的书作翻译，就欣然应允了。

可是，忙于工作，拖了很久也没有顾得上翻译，2004 年 7 月我在云冈石窟考察的途中遇上车祸，住进了当地的医院。近两个月的住院生活给予了我多年来最闲暇的时光。起初，各种伤痛使我有些灰心，就跟夏瑛说："算了，请别人翻译吧。"而夏瑛却始终对我抱以信心，鼓励我完成这件工作。当我可以下床行走时，就请夏瑛把书的复印件传真到医院来，一点一点地翻译。工作一小时左右，就得躺下休息一阵，虽说这样麻烦，在病塌上以平和之心阅读和翻译《觉悟之护理》，自有一种特别的感受。当我把这本渗透着作者艰难的历程和人生感悟的著作翻译完毕，我感到自己也经受了一次完全的洗礼。

也许最初，作者是想写出自己近二十年对婆婆进行护理实践的经历，给那些正在从事护理或将要从事护理的人们提供一点参考的

▲ 小鹿纯子 ——《排球女将》剧照之一

经验。然而，当我们读完这一本充满着人生感悟的著作时，了解到的却远远不止是护理。正如作者所说：“使我有所触动的不仅仅是护理，而是迄今为止在人生抉择的时候，我所体会到的觉悟。”

▲《觉悟之护理》封面

在诸多人生体验中的“觉悟”，便是这本书的意义所在。

荒木由美子 16 岁进入了演艺界，很快就成为了明星，主演了很多电视剧，其中《燃烧吧！青春》（也译作《排球女将》）风靡一时，作为女主角小鹿纯子的饰演者，她在日本和中国都成为家喻户晓的明星。然而，荒木由美子却在自己演艺生涯如日中天的时候，突然从热闹的演艺界销声匿迹了。原因是她与另一位男演员汤原昌幸结婚之后，便专心地做起了家庭主妇，退出了演艺界。这就是典型的日本思维方式。对于中国人来说，正当事业发展的高潮，面临着无限的机会，往往是宁肯牺牲个人甚至家庭的幸福也要追求事业的。而荒木由美子的选择则是放弃自己的事业而选择了家庭，似乎太不浪漫了。即使是在日本，在这种情况下，也还是有不少明星会继续自己正在走向辉煌的事业，由美子可以说是传统型的那种女性。几年前中央电视台曾专门请荒木由美子作客“艺术人生”，当电视台的主持人问荒木由美子：“事业和家庭，哪个更重要?”时，由美子答道：“在我看来两者是不可分的，没有家庭的幸福，事业也就失去意义。”

这一点正是由美子的人生感悟之一。在她看来，人首先是作为人的生活，然后才诸如事业、名声、荣耀等等。当今世界，多少拥有着权力、财富、名声等等的人们过着并不幸福的生活，他们往往是把人的本质忘记了。《觉悟之护理》使我们重新正视人的本质、人生的意义。

在由美子式的十项“觉悟之护理”的原则中，提到了“为谁而生活”的问题。她说：“自己的人生并不仅仅是自己一个人的事，是对另外的谁有用而生活在这世界上的。这样，就不会认为是‘我把自己想干的事情放下，为了家属而作出牺牲’。全心全意地照顾家人，也是为了自己的人生。”

荒木由美子婚后经过了较为短暂的幸福日子，就开始了意想不到的艰难历程。那时，她的婆婆开始生病，最初不算太重，也需要随时送医院检查，侍候汤药。而数年以后，婆婆病情恶化，特别是伴随着老年性痴呆症，使荒木由美子对婆婆的护理工作越来越艰难。在日本，家庭主妇都要学习有关育儿、保健、医护等方面的知识。但对于较复杂的疾病并伴随着老年性痴呆症的病人，一般的护理知识是无法解决问题的。一方面要不断学习相关的知识，一方面还要有强烈的爱心和极强的耐心。对婆婆长达二十年的护理生涯，却是一个漫长的时间考验。当婆婆发病时，常常会忘记了谁是谁，在无意间不断地从精神和肉体上伤害着作为儿媳的荒木由美子。由美子却以顽强的毅力一如既往地专心护理着婆婆，直到婆婆安详地走完人生之路。二十年，对于荒木由美子来说，正是人生最灿烂最美好的二十年间，却在默默地为亲人奉献中悄然度过。

▲2004 年 11 月，作者与荒木由美子在杭州（荒木由美子提供）

也许在很多人看来，牺牲一定是要那种为了某种轰轰烈烈的事业壮烈牺牲才算是有价值，实际上在我们的日常生活中，为别人作出牺牲，特别是为家人作出牺牲是最常见的事情。然而，我们以怎样的心态来面对这种牺牲？荒木由美子从结婚的第二个星期开始，由于婆婆生病住院，进行了长达二十年的护理生活，她以自己的爱心和无微不至的关怀竭尽全力地照顾婆婆。也许这二十年她可以干很多更为辉煌的事业，然而，她坦然地接受了这一现实，无怨无悔地完成了这一人生考验。

婆婆去世后，荒木由美子已经四十三岁，回想自己二十年来的护理生涯，她有着很多特别的感受。她想：日本已经进入了一个老年社会的时代，一定会有更多的家庭面临着老人的各种疾病，把自己护理老人的经验和感受写出来，或许会对社会有一些意义。于是她开始动笔，写成了一本具有自传性质的书——《觉悟之护理》，书中以较多的篇幅描写婆婆生病的状况，以及她对婆婆照顾的真实感受。从中读者自然可以看出作者在平凡而又单调的日常生活中体现出的人性的升华。作者以“觉悟”来形容她在二十年护理过程中的感悟，使我们再次感受到“排球女将”那种朝气蓬勃、顽强拼博的精神，在经历了这么长时间磨难之后，依然闪耀着绚丽的光彩。

《觉悟之护理》讲的并不是一个明星煊赫的或传奇的故事，而是一个家庭主妇为着爱、克服了常人难以想象的困难，坚持了二十年之久的艰苦卓绝的护理生涯，以及超越自我的人生感悟。

“我决不能输！”也许由美子这一强烈奋争的精神感染了我，在两个月的住院期间，我断断续续地翻译，不知不觉竟也把这本《觉悟之护理》翻译完毕，使它能如期出版。2004 年 11 月，《觉悟之护理》中文版在杭州举行首发式时，我见到了专程赶来的荒木由美子，虽说是人到中年，荒木由美子依然热情而美丽，比起《排球女将》的时代，她更有一种成熟之美。在开会之前，我们在一起边喝茶边围绕《觉悟之护理》一书的事情聊天，印象中我们都没有讲太多的话，我们都有一种共同经历了磨难之感（一个是长达二十年的生活磨炼，一个是刚经历了生与死的博斗），从而不觉有一种似曾相识之感。

我常常想，生命，越是经历较多的艰苦磨砺，就越能焕发出灿烂的光芒！

年轻时代，固然是最有精力拼搏的时代，但是，人生的奋争，又是何时能停止呢？

这些天，又看到一些电视台重播日本电视连续剧《排球女将》，那首难忘的主题歌一直萦绕在耳畔：

ボールになってとんでくる
悲しみが苦しみが
でも今ならば今ならば
青春コートのド真ん中
サーブレシーブトススパイク
どんなボールも打ちかえす

ほら见えるでしょう

ほら见えるでしょう

ネットのむこうにVの旗

ネットのむこうに青春が

中文大意:

痛苦和悲伤,

就像排球一样,

向我袭来。

但是现在,

青春投进了激烈的球场。

嗨,接球、扣杀,

来吧,看吧,

球场上,胜利的旗帜迎风扬,

球场上,青春的火焰在燃烧!

“站车”的故事

“站车”这个词，是我的日本学生发明的。有一次学生读他的作文，其中读到“……我就站车回到了家。”他见我一脸疑惑的样子，就停了下来：“老师，是说错了吗?”

我问他为何用“站车”一词，他说：“我没有找到座位，一直站着到了家。”

我就告诉他：“虽然是站着，但是，你可以用‘乘车’或‘坐车’，汉语中没有‘站车’的说法。”

“那么，乘电梯，也可以说坐电梯吗?”

“是的。”

“……”

可是那以后，“站车”这个词还是时常会在头脑中萦绕。汉语中凡表示“乘”的意思，好像都可以用“坐”来说。于是就有“坐车”“坐船”“坐飞机”等词。甚至乘电梯，那是无论如何也不可能“坐”的，但同样可以说“坐电梯”。

中国地域是很大的，火车一坐就可能坐一两天，这样的车上，座位当然很重要，如果没有座号，上车后免不了要为座位争抢一番。但令人吃惊的是，短途的地铁或公交车上，座位似乎也十分重要，不论在中国的哪个城市，只要你上了公交车，就会发现人们争先恐后地抢占座位的壮观景象。这时，是最容易理解汉语中“坐车”一词的文化意义了。仿佛不坐下，就不算是坐车了。我有时发现，一些抢占座位的人，其实只坐两三站，在公交车上不超过 10 分钟，而就这么短短的时间中，却无一例外，都十分在乎“坐”的问题，好像不坐下就吃了很大的亏。

在上海乘地铁，虽然车站环境和车辆设施堪称世界一流，然而我第一次乘车时，差点下不了车。因为车一到站，站台上的人就一拥而上，把门堵住，使车上的人无法下车。其实，人们并不是担心车会马上开走而抢时间，除了习惯性地争先恐后外，就是十分在乎车上那几个空出的座位，总是要一马当先地占住座位。

在东京，上班高峰期客流量并不亚于北京、上海。但人们好像并不太在乎座位。有座就坐着，没座就站着。抢占座位这样的事我还没有见到过。后来在巴黎和伦敦也坐过地铁，也曾碰到过拥挤不堪的高峰期，但同样没有不按次序争先恐后或者抢占座位的情况。

我是属于“站车”派的，一方面是因为每天工作都是坐着，好不容易有机会站一站，何况乘公交车最多也就站十来分钟，就算是遇上堵车，站半个多小时，也就当作是锻炼身体，有何不好。另一方面是对抢占座位的风气实在是受够了，我还是省一点气力吧。

▲东京电车拥挤的景象（武琼芳　摄）

▲东京 JR 山手线电车（夏瑛　摄）

其实，“站车”还有一个重要的理由：站在车上，我可以思考很多问题。

意识到这一点，是由于某一天乘公交车的一件小事。那天我上到车上，人并不多，还有一些空座位，但我觉得这个环境不拥挤，正好可以宽松地站着，就没有打算坐下，一路上思考着一些问题。过了一站路，我感到旁边座位上那位女士把她原来放手提包的座位腾出来，叫我坐下。我想她一定为刚才用提包占据了一个座位感到不好意思了吧，现在的年轻人能为别人着想也很不容易了，既然她有此行动，我也用不着非站不可了，于是说声“谢谢”就坐下了。就这样坐到了家门口，却无论如何也想不起在坐下之前所想的问题了。

才明白原来站着是有利于思考的，而坐下以后，思绪就消失了。

由此，我想起了以前曾有过的长期“站车”的经历……

那一年我在东京一边上学一边打两份工，一是在一个中国语学校教中文，一是为一份中文报纸当编辑。每星期有三次要到中文学校教课。而我所在的大学在远郊，乘小田急线电车约五十分钟就到了东京最繁华的地方——新宿，从这里转乘山手线电车十多分钟赶到一个叫目白的车站，车站不远就是我教课的那所中文学校。为了不耽误教课，我每次都得提前到目白站，而且乘车前后要花一个多小时，对我来说实在是一种巨大的浪费。于是我就设计了一种工作方法：每次在大学下课后就直接乘车出发了，那个时段正是下班的高峰期，车上人很拥挤，是不会有空座位的。手抓着车上的扶手，站着近一个小时，头脑里就不停地想着为报社写稿的内容，到了目白站时，离上课时间还有近一个小时。我就到目白车站附近的一家麦当劳店里要一份汉堡套餐，一边慢慢地吃着汉堡包，喝着咖啡，一边拿出笔和纸，记下刚才在车上构思的文章。记录完毕时，也就吃完了晚餐，也就到了上课的时间，便从容地到中文学校讲课两个小时。下课后再乘电车回去，时间已很晚，那时的电车上一般都有坐位，我就坐在车上修改文章，回宿舍后，将文章输入电脑，发一个 E-mail 给报社，我为报纸的打工也就完成了（那时的电脑还不太先进，特别是中文软件不太好用，通常都是先用手写稿，然后再输入电脑）。

这样的生活持续了两三年。

东京的小田急线电车在上下班时段的拥挤是出了名的，然而，无论如何拥挤，我一上了车，抓着车上的吊环，思绪就会十分活跃。

那家麦当劳店也成了我写作的地方，我最喜欢在二楼靠窗户的一个坐位，那张小饭桌一定留下了我的很多气息与汗水。在国外待过的人都知道，麦当劳这样的快餐店是各种餐馆中可以花最少的钱而能吃饱的地方，最适合于打工的留学生。日本的麦当劳店客人大多是年轻人，但绝不喧闹嘈杂，而且如果你要一份餐饮，即使在里面待一整天，只要不到关门时间，绝不会有人来赶你走。

所以很多学生都会坐在里面静静地看书。我非常喜欢那样的气氛。

后来我得到了很好的奖学金，为了集中精力写博士论文，就辞掉了报社的工作，又减少了教中文的课时，这样紧张的日子就少了。但那一段时光却使人永远难忘。离开日本前夕，我特意到目白站前的那家麦当劳店，上二楼坐在以前经常伏案写作过的那张小桌前，要了一份熟悉的汉堡，心里无限感慨，真的充满了感激之情。

下篇

赏樱与日本文化

赏樱是日本最具特色的一种活动。一到春天，日本的电视台就会发布一种比天气预报更受人关注的消息，叫作“樱花阵线”。因为日本从南到北的跨度很大，气候差别也较大，樱花总是从最南边的地区先开放，然后逐渐到中部和北部地区，渐次有樱花开放，这样从地图上把那些樱花开放的地点连成一条线，就称为“樱花阵线”。根据“樱花阵线”已经到的地区以及发展的速度，就可以预报本地樱花开放的时间。这种“樱花阵线”的预报，往往牵动着广大日本民众的心，也成为日本最有特色的一种“天气预报”。因为每年的赏樱，对日本人来说也是一件大事。从赏樱活动中，我们可以了解许多日本社会特征。

在日本差不多到处都有樱花，据说全国有 50 万株以上。每到春天，樱花盛开，不论是公司，还是学校、机关，单位上的人们都不约而同地想到一起去赏樱，虽说日本人把时间看得比金钱还重要，但对赏樱这件事，好像谁都认为是理所当然的。

日语中的“花见”这个词，用汉语说就是赏花的意思，既然是赏花，应该不限于樱花，本来欣赏樱花以外的花种，如梅花、桃花等也可以称为“花见”。但一年之中，没有任何一种花会像樱花这样吸引人们不分老幼、成群结队地进行赏花活动的。所以，

▲东京千鸟之渊的樱花

赏花活动，确切地说，只有赏樱活动才是最富有日本精神的。而“花见”一词也就逐渐成为了赏樱的代称。如果是赏梅花或别的什么花，虽然也用“花见”一词，但就有必要加以说明。

传统意义上，很多人都会觉得樱花是日本的象征，仿佛像短暂而美丽的人生，象征着日本的武士精神等等。诸如此类的解释，过去可能从不少书里读到过。然而，最近，越来越多的日本文化研究者对此持批判态度，认为那样的说法并不正确。很多学者认为，日本人民喜爱樱花，只不过是因为它在春天一齐开放，是对于这种美的直观的爱而已。据日本的语言学家对“樱（サクラ）”发音的研究，サ在古语中是“谷灵”的意思，クラ是“御座”的意思，合起来的意思就是“谷灵的神座”。这样看来，樱花在古代具有自然神的意味，对谷灵的祭祀，则有保佑农业耕作顺利、丰收的意味。在我了解的一些日本朋友中，大部分人对于樱花都认为是春天的象征，有一种美好的、热闹的气氛，已很少有人会把樱花联想为“短暂的生命”等问题。

从历史上来看，早在奈良时代（710—794），日本人就有赏花的习惯。那时受中国文化的影响，更多的是赏梅。在日本最早的诗歌总集《万叶集》中，歌咏梅花的诗达 98 首，而歌咏樱花的

▲ 新宿御园的樱花

只有 36 首，仅占其三分之一。说明当时贵族阶层对梅花更有兴趣，这显然是受中国古代文化的影响。但到了平安时代（794—1192）以后，歌咏樱花的诗越来越多。然而真正形成了赏樱活动，则是到了江户时代（1603—1867）才开始的。这里所说的“赏樱活动”，包括三个要素：群樱开放，不是一株两株，而是大片的樱花开放；群集，不是一两个人的独自赏樱，而是一群人共同参加的活动；饮食，在别的国家也许会有某种赏花的活动，但像日本人这样带上食品和酒，在樱花树下吃喝的，却是独一无二的。

古代的赏花活动，主要在贵族之中流行，通常总是要有诗词歌咏之类体现出贵族文化教养的节目，但到了江户时代的赏樱，则逐渐把这些过于高深的文化项目剔除了，形成了只限于吃喝玩乐的活动。这一点与农民文化有关。原来在江户时代，农民们每年都有“游春山”的活动，每到春暖花开的季节，人们会以一家一户为单位，或者与朋友一起带上食品到山里去游春，这是一种淳朴的野餐活动，之所以形成习俗，大约是由于每年的年初，人们希望风调雨顺，作物丰收。这样的农民文化与贵族文化的接轨，便产生了新的赏樱文化。所以最初的赏樱地点都是在都市的郊外，也就是农村与城市之间。

在东京，最初以樱花而著名的地方当然是上野。这个地方因为宽永年间（1624—1644）建立了宽永寺而闻名。那时，江户（即今东京）人总是与京都相比，京都有著名的比睿山，有琵琶湖，在东京则有东睿山（上野一带），附近还有不忍池。这样，上野就成了可与旧时的首都京都相匹配的名胜了。不过，那时的樱花种类并不多，作为赏樱活动的前提条件之一，樱花的大量种植，是在享保5至6年（1721—1722），从那时开始，在东京的飞鸟山、御殿山、白山神社，以及隅田川畔的向岛等处，不断地种植樱花树，形成了江户一处处新的樱花景观。飞鸟山、御殿山和向岛就成为了日本最早的面向普通庶民的郊外公园。今天的东京，除上野公园外，几乎所有的公园都可以赏樱，从皇居一带到千鸟之渊则形成了更大范围的樱花树林，可供赏玩。

大约在江户时代的中期以后，类似现代的赏樱活动已经形成。这其中体现出的日本人精神方面的特征，就是群体的精神。这可以从以下几点体现出来：1. 由于共同的饮食活动而产生的团结的精神。在赏樱的时候，大家围在一起吃喝，加强了人们之间的向心力。日本有一个词叫作“一味同心”，一味虽说也有一种味道的意思，但在这里则是指多种味合而为一，比喻人们的同心一志。2. 淡化上下的等级观念，而强化团结一致的精神。在古代贵族阶层或者宫廷的宴会时，上下的等级关系是十分严格的，即使大家吃的是同样的食品，但宴会总是身份高的人“赐给”身份低的人的。而到了赏樱的活动时，由于吸取了农民风俗的特点，大家共同在一起吃喝，不分上下长幼，可以说是形成暂时的平等。这就把地位悬殊的距离拉近了。上下的等级关系由垂直关系转变为一种水平关系。3. 同时同地的赠答关系。“赠答关系”是指体现在社会活动中的一种等价交换关系，这种交换与买卖东西不同的是，它是通过“赠答”，即送礼和回送的形式表现出来的，其中除了交换以外，还同时存在着人们之间的人情关系。日本是最讲究赠答关系的国家之一，每年的新年、中元、岁暮等时期，都免不了要

▲ 盛开的樱花，远处可见樱花树下聚会的人们

送礼或接收礼物。而据日本研究者的调查，只有日本人最喜欢以食品作为礼物。比如在加拿大威尼伯克市的调查中，食品只占礼品总数的 3.6%，而在日本京都市的调查中，每 25 件礼品中，就有 19 件是食品。说明饮食活动在日本社会中占有十分重要的地位。而在赏樱活动这样十分良好的机会中，人们可以在同一时间、同一场所进行这种赠答活动。人们一起去赏樱时，每个人都带上自己的一份食物和饮料，请别人分享，同时也分享到了同事或朋友带来的食品，这样进行的赠答不就是逢年过节人们之间互相送礼的另一形式吗？所以，如果说赏樱活动是同时同地的赠答活动。相比之下，中元、岁暮时节的送礼、答礼则是“不同时、不同地的赏樱活动”了。

在这种独特的赏樱活动中，能够培养和强化一种集体的向心力、凝聚力。这一点江户时代以来的日本人早就看出来了，并努力去促成这样一种团队精神。现代社会中，那些善于经营的企业老板们更清楚地看到这一点，他们也努力利用这种传统的活动方式，增强公司内部的集体精神。所以，赏樱这一日本传统的活动，还将继续发展下去。

此外，现在越来越多的是以家庭为单位进行赏樱活动，由于樱花开放的季节是4月初，学校刚开学，或者尚未开学，公司也刚开始新一年的工作，这个时候不论学习和工作都还不太紧张或没有什么负担，全家人高高兴兴地到公园或有樱花的风景区，愉快地度过一天，可以增进家人之间的感情。而且，这也是家庭主妇负担最轻的活动，她只需要准备冷食的份饭就行，像在家过节那样复杂的料理，以及前前后后收拾打扫都没有，所以不论对谁来说都是一次轻松的郊游活动。家庭的纽带同样也在这样的赏樱活动中得以加强。

日本研究经济的专家也常常从赏樱活动来看日本经济的景气状况。1962年，一本叫作《赏花酒的经济学》的书一下子畅销起来。这本书提出的一个名词“赏花酒”成为了流行语，它的意思是指那种表面的繁荣，并没有实际的效益，就是指那种泡沫经济。直到现在报上也时常用“赏花酒经济”这样的说法来指泡沫经济。

（原载《华风新闻》2000年4月21日）

生花之道

在日本，不论是隆重的庆典活动，还是日常交流生活，不论在豪华的宾馆、高级的饭店，还是在普通人家，“插花”这种装饰品是随处都可以见到的。当然，用花来装饰人们的环境，这在世界各国都不算稀奇，但唯独日本把插花的艺术当作一种郑重其事的文化活动，把它命名为“花道”或“生花”。其内涵之丰富，风格流派之繁多，在民间普及程度之高在世界上也是独一无二的。

插花艺术的诞生

日本的自然环境湿润而温暖，大多数的花卉植物都特别容易生长繁殖。自古以来，日本各地一年四季的花卉品种繁多，相继开放。得益于这样的自然环境，日本这个民族对花卉有着特殊的感情，赏花自然就成了很平常的事情。在《万叶集》等古老的文学作品中，就有不少诗歌是歌咏自然和草木花卉的。在日本最古的历史著作《日本书纪》中，记载了古代日本人曾用花来祭祀神灵。平安时代以后，佛教在日本繁荣起来，花卉又开始用作佛前的供奉之物。天平胜宝年间（8 世纪）在奈良有名的东大寺，卢舍那佛开眼供养之时，由皇帝及普通信众都敬献了很多鲜花作为供养。这样的花称作“供花”。佛前主要是以莲花作供养的。至今，佛教寺院里也保留着这一习俗。

而真正推动花道产生的，恐怕还是来自上起王室贵族，下至普通庶民都盛行的赏花习俗。每到花开的时节，人们兴致勃勃地来到花树下，一边赏花，一边喝酒，又唱歌又跳舞，尽情行乐。这样的赏花活动，日本人称作“花见”。每年以樱花开放时为盛，“花见”活动当然并不限于赏樱花，夏天的杜鹃花、秋天的菊花、冬天的梅花等，同样也吸引着赏花的人。正是有了这种赏花的文化传统，花道才会如此发达。

是什么契机直接促成了花道的产生呢？专家们恐怕也说不清楚。不过，由于中国唐宋时代的园艺比较发达，那时中国早已流行用花卉盆景来装点环境。人工把自然的花卉进行剪枝、移植等，形成了花卉盆景艺术。大约在平安时代（794—1192），也就是中国的唐末到北宋时代，盆景的艺术便从中国传入了日本。同时，中国传来的绘画作品中也有不少是描绘花卉的。绘画艺术的趣味自然也会影响到插花艺术的审美倾向。另外，中国的陶瓷大量传入，其中就有各种各样的花瓶。这一系列中国艺术的传入，对日本插花艺术的兴起产生了重要的影响。

池坊的立花

相当长的一段时间内，受中国艺术的影响，日本人赏花与中国宋元时代一样，是在花瓶内插花，或者做成类似盆景一样的花，称作“立花”。15 世纪上半叶，每年七月七日，也就是所谓“七夕”，大大小小的寺院都要举行“法乐花会”。这一天，不论僧俗贵贱都可以参加，有和歌、连歌以及管弦音乐的表演等，以后就是酒宴和跳舞。为了渲染气氛，通常在华丽的座席周围，要用很多瓶花来装饰，最多的时候可达一百多瓶，称作“花座敷”。在瓶花的修饰上，人们竞相争奇斗艳。在寺院里还产生了一些擅长装饰“立花”而出名的僧人。到了 15 世纪后期，在连歌会等活动中，“花座敷”的装饰方法就逐渐形成了固定的规矩，如花瓶的位置，插花与周围环境的关系，花与花瓶的调和关系等都有具体的程式。

插花在佛教寺院一些重要活动中起着越来越显著的作用，寺院的僧侣们因此也会悉心钻研插花的艺术，寺院里时常出现擅长插花的和尚。宽正三年（1462）京都六角堂的顶法寺池坊有一位叫专庆的和尚就精于插花之道，他曾给当时的将军佐佐木高秀送了一件以金瓶盛装的插花，这件事在当时特别轰动。由于专庆的插花艺术性极高，当时京都的插花爱好者都争先恐后地跑去看专庆的插花。后来，池坊这个地方就成了“立花”艺术的中心，当

▲ 池坊的插花（一）

▲ 池坊的插花（二）

时流传的说法是“六角堂钟声一响，京城里庶民齐聚”，说的就是池坊立花吸引人的盛况。专庆以后，池坊的立花艺术代代相传，人才辈出。16 世纪以后，得到奈良天皇垂青，常常召池坊的僧人为宫中制作立花。著名的立花艺人池坊专应开始把立花的艺术从理论上进行系统研究，写成著作《池坊专应口传》，成为最早的立花理论。专应认为，立花之所以成为艺术，并不仅仅是作为观赏，而是通过它来象征理想的世界。比如，花开花落，正是佛教“无常”思想的体现，而这些“小水尺树”也蕴涵着江山胜景。所以一瓶花就是一个小宇宙。池坊派的立花讲究空间和象征性，在立花中大体要分出七种枝来，象征着组成世界的七个方面。因此，池坊派的立花往往做得很大。桃山时代，贵族阶层都喜欢豪奢宏大的东西，房间的陈设也多用华丽的大组屏风。1594 年，池坊初代专好为丰臣秀吉作的立花是用横六尺纵三尺的大钵盛的大型立花，与墙上的挂轴及周围的环境气氛十分协调，深受好评。1599 年，在京都的大云院举行了著名的“百瓶花会”，就是在池坊初代专好的门人中选出其中一百人的立花作品，这些充满创意的立花千姿百态，在当时引起了轰动，被称为“千岁一会”。类似的盛大花会不断举办，迎来了“立花”的兴盛时代。16 世纪到 17 世纪初叶，由于初代和二代专好的造诣，确立了池坊派在花界的权威地位。到了后水尾天皇的时代（1612—1629），进一步推动了“立花”的发展。后水尾天皇不仅为立花设立奖励，还在紫辰殿亲自主持花会，不论王公贵族、僧侣、庶民，只要有特色、有创意都可以参加。出品的立花从广场到南门陈列，琳琅满目，美不胜收。据史书记载，这次规模宏大的花会，足可以与 1584 年丰臣秀吉在北野举办的盛大茶会相媲美。

立花·抛入花·生花

17世纪，随着立花的发达，介绍立花的书如《立花大全》《立花正道集》《立花指南》等大量出版，从某种程度上也推动了对立花理论的探索。除了池坊派提出的以立花象征佛教思想等世界观以外，如《替花传秘书》（1673年）还提出“从花中体味仁、义、礼、智、信”，以“五常之道”来观花等思想。《立花时势妆》（1688年）提出“中心为君，旁边六枝为臣”等差不多是附会君臣主从关系的观点。《立花时势妆》也是最早提出“花道”这一用语的，把插花艺术提高到“道”的程度，实际上是儒家思想的体现，把插花的艺术与注重君臣长幼尊卑等关系的道德观念结合起来，虽然有点实用主义的意味，但与此同时，花道不再限于僧侣或部分贵族的范围，而形成了全社会流行的爱好了。

16世纪后期到17世纪初，也正是日本“千家茶道”兴起的时代，茶会时一定是要用插花的。因此，茶人也往往精通花道。不过，千家茶道的开创者千利休却认为，花应该像自然中生长的那样，他反对当时流行的豪华的立花。在他的茶室里，总是用简

▼简洁的现代插花

单、朴素的小型花卉。这样的插花称作“抛入花”。其实《立花时势妆》也提出了插花要自由、创新，不能墨守成规。只是后来立花已形成了一定的规矩，便陈陈相因，缺乏新意。因此，“抛入花”的兴起，像一股清风，悄悄地改变着传统的花道观念。“抛入花”用小型的花瓶，有时用自然的竹筒、竹筐等简朴的用具，花卉也用得少，有时甚至只有一枝花。

18世纪初，日本普通民家的房间布局逐渐定型化，房屋内一个重要的地方，称作“床之间”，这个地方通常要挂一点字画，或者别的陈设品。这一时期，用插花作为“床之间”的陈设已成为时尚。庶民之家平常所用，当然不可能像传统的立花那样豪华，于是，“抛入花”的形式便深受欢迎。插花的样式更加自由。由此，而形成了所谓的“生花”。由“立花”发展到“生花”，花道艺术发生了深刻的变化。由于生花形式的自由，便产生了繁多的流派，花道界有“十流百家”之称，如“青山御流”“源氏流”“千家新流”“古流”“古田流”“宏道流”“松月堂古流”“远荻原流”“美笑流”“真古流”等，从此改变了“池坊”一流独霸的局面。与此同时，花道的中心由京都转移到了江户(现在的东京)，一方面是由于在京都，池坊流的势力很强，别的流派难以发展；另一方面，还是由于江户时代以后，日本的政治中心转移到了江户。18世纪后期，江户的经济发达起来，号称“江户繁华游人多”，那些富起来的人们越来越讲究各种游艺，如茶道、歌舞伎、生花等一时成为风雅之事，生花也真正成了大众化的艺术。

虽说生花流派层出不穷，但生花的形式大体上有一些共同点，最基本的是由一个不等边三角形构成，其中以三枝花为主形成一种结构。各流派对这三个枝的意义，解说是丰富多彩，反映各自流派的思想。如“天、地、人”“真、副、体”“真、流、受”“体、用、留”等。总之，“生花”已成为日本人生活中非常重要的事情了，插花艺术就染上了浓厚的日本文化色彩，形成了“花道”。

（原载《华风新闻》2000年4月1日）

一花一世界

日本美学家冈仓天心曾说过：“花是我们生活中永远的朋友。”现代日本的花道虽然经过了 20 世纪三四十年代的所谓“前卫”派的冲击，六十年代以后，在花道不断深入人们生活的同时，“生活的生花”“心的生花”这样的口号逐渐为更多的人接受。强调自然美，表现自己的心情，用花来象征生命与生活。这些都形成了人们对花道的普遍认识。

虽说谁都可以自由地插花，但要说起花道，也还是要有一定的规矩。那么，花道有些什么样式呢？

插花的样式大体有如下几种：

早期立花（たてはな）：这个词在日文中通常不用汉字来表示，因为如果写成汉字就是“立花”。为区别于后来发音为“りつか”的立花，我用“早期立花”来翻译。这个类型历史最古，是根据从中国传来的插花样式演变而来的。大体上是在花瓶中插的花，中央的部分称作“心”，或称“真”，周围的花称作“下草”，周围的下草总是要向着中心，从而形成一种协调感。室町时代的立阿弥、池坊流的开创者专庆都擅长于作早期立花。

立花（りつか）：是一种大型的插花，构成也很复杂。通常是要用较大的花盆，中央一枝为“心”，非常重要，常常要用棍子辅

▲ 江户时代的立花（示意图）

▲ 立花

助，使它直立。周围的枝叶往往要用丰富的花草的组合，如松树枝、枫树叶及一些草等。一件大型的立花作品要具备七种以上不同的花木，并且各有名目，17 世纪后期的《古今立花大全》中，称为“真”“正真”“副”“请”“见越”“流（流枝）”“前置”。到了江户时代，增加到九种。擅长立花艺术的，主要是池坊流，各代都有名人。

抛入花：相对于立花来说，只用简单的花瓶，少量的插花，称作抛入花。主要是在花道文化繁荣的时代，配合花道而产生了小巧、简便的插花形式。

▲抛入花（示意图）

茶花：茶花本来与抛入花没有多大区别，但由于是茶道专用的，所以它讲究与茶道的气氛相协调，比如必须要同一色的两枝花，颜色要浅，花的名字不好的不能用，与季节不合的不能要等。

生花（いけばら）：生花是江户时代中期以后在抛入花的基础上发展起来的插花形式，所以，要严格地区别开生花与茶花和抛入花，有时也是很难的。从某种意义上来说，生花实际上就是把抛入花丰富了，而同时吸收立花的理论却去掉其繁琐的方面。比如松月堂古流的理论中，把生花的枝干规定为五枝，包括正花、相令、通用、体、留，称为“五体花”，其中“正花”“通用”“体”又象征着天、地、人“三才”。通过花来象征儒家的“三才格”及“阴阳五行”观念，是生花理论的基本思想。

对于生花枝干的安排及其象征意义，各个流派都有自己的观点，以下介绍一些主要流派的特点。

（一）池坊流　这个流派把生花读为“しょうか”，象征天、地、人的三个花枝分别称为“真、副、体”，三枝的比例则为7∶5∶3。真枝要长而直，副、体两枝向着中心，三枝的分岔往往接近根部。同时，还根据书法的真、行、草的意味，形成不同

▲ 茶花（示意图）

▲ 未生流的生花（示意图）

▲ 池坊流解析图

◀ 池坊流插花作品

的风格。“真”的花型多用筒形的花器，“行”的花型则用小型的瓶、壶等，“草”的花型往往用盘，或类似舟形的花器。

（二）松月堂古流　这个流派认为世界万物是由空、风、火、水、地构成的，称为“五大”。通过插花来表现出五大的意义。通常要找出与宝珠形、半月形、三角形、圆形、长方形相配的花枝（即正花、相令、通用、体、留）来象征五大。正花的高度往往要达到花器尺寸的一倍半至两倍。

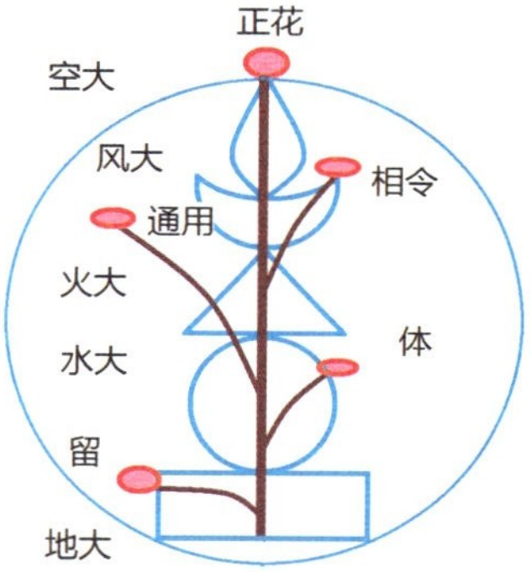

▲ 松月堂古流

▶ 松月堂古流作品

（三）远州流　这一流派把天地人的枝称为“真、行、留”，这三个主枝与真添（日）、肩（月）、内胴（星）、小隅（辰）的四枝构成七段花体。有时还要加上外胴（乾）、留真（坤）二枝，而构成九段花体。花枝构成的圆形直径标准大体是花器尺寸的两倍。“真”的花体（正格花矩）是除了真枝外，所有的花枝都必须在一个大体圆形的范围内；“行”的花体（变格花矩）除了真枝以外，还有一枝超出圆形范围；“草”的花体（破格花体）是指真枝以外有二枝以上的花枝超出圆形范围，更为自由。花枝形的流畅的曲线是这一流派的主要特征。

▲ 抛入花（示意图）

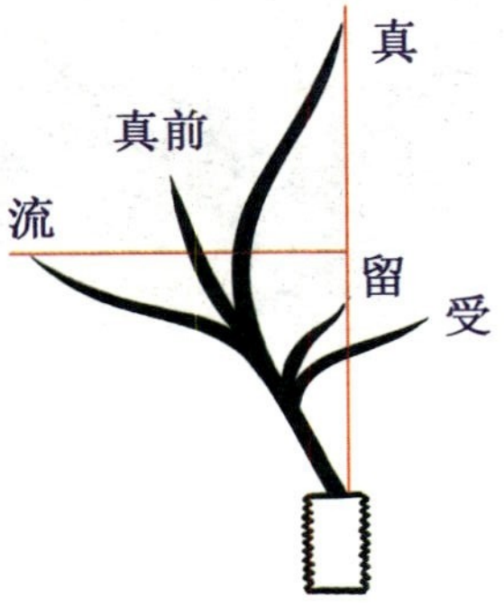

▲ 茶花（示意图）

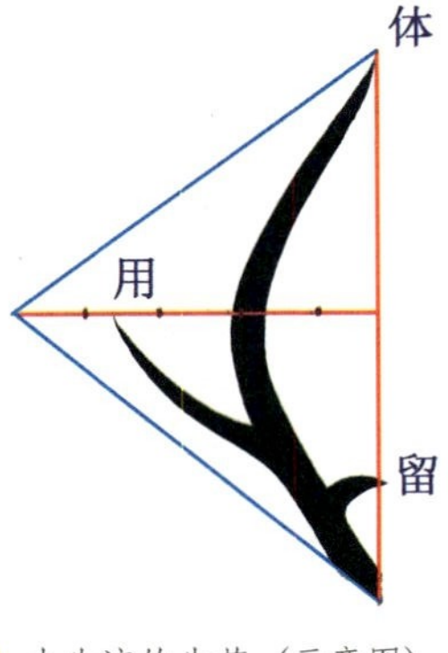

▲ 未生流的生花（示意图）

（四）古流　这一流派把天、地、人三枝称为“真、流、受”，在“真”和“流”的旁边再增加副枝“真前”和“留”形成五枝是其基本形态。总体上看，花枝倾斜形成奇崛之势是古流的主要特征。

（五）未生流　这一流派主张表现天地合和的思想，通常上面是象征天的圆形，下面是象征地的方形（四角）。在四角的顶点形成三角形，称作“鳞”，根据角度的不同，又可分为横鳞、纵鳞。象征三才的三枝称为“体、用、留”，另外再加上称为“控”的两枝而构成“五行格”的花型。真行草三体各有变化，有“三姿九态”之称。花又有客位的花（阳花）与主位的花（阴花）之分，体现阴阳五行的思想。

除了以上流派外，还有一些特别的名称。

盛花：明治以后，由于西欧文化的传入，插花艺术也不免受到西洋的影响，于是，一种称作盛花的样式开始流行起来，它的最大特征是保持花的自然形态，通常用较大的水盘作为花器，与立花或生花的那种以一个主枝为中心的构成不同，盛花通常用主、副、客三枝构成三角形，在其中又可以插很多花枝，形成一个较大的面而取代了过去那种突出一点的做法。由于盛花的插法较少约束，很快在平民中流行起来。

▲ 盛花

瓶花：瓶花就是插于瓶内的花。盛花多用低矮的花器，而瓶花则用较高的壶形花器。最初，瓶花大约是受中国传统的影响，具有一种文人的精神气质。所以，瓶花往往显示出一种书卷气。

到了20世纪后期的现代社会，花道进入了自由的时代，除了传统的流派以外，那些富有天才的花道艺人还在不断地创造新的流派，现在日本全国的花道流派数也数不清，因而，要仔细区分出不同流派的特征也越来越困难。不过各种各样的风格，不断地强烈地把花推向人们的生活之中，花道成为了日本人文化生活不可或缺的内容之一。各地都有花道的组织，随时都有花道的活动。花道使日本文化显得绮丽迷人。

（原载《华风新闻》2000年4月11日）

异乡品梅更相思

樱花是日本的国花，中国的国花似乎还没有定论，毕竟国家太大，各种花都有。但是比较多的人还是把梅花看作是中国的国花。要是从古典文学中查一查，在歌咏花卉的诗文中，恐怕梅花应该居首位吧。所以，对梅花的欣赏在中国可说是源远流长了。相对于樱花来说，梅花确有其独特的个性。

蜡　梅

蜡梅可能是开得最早的梅花了。实际上蜡梅不属于普通的梅科，是专有的蜡梅科。宋朝文学家范成大的《梅谱》中说：“蜡梅，本非梅类，以其与梅同时，香又相近，色酷似蜜脾，故名蜡梅。”黄庭坚也曾说：“京洛间有花，香气似梅，亦五出而不能晶明，类女功捻蜡所成，京洛人因谓蜡梅。”说得很清楚，因为像蜡做的花而称蜡梅。而商务印书馆出版的《现代汉语词典》（2001年修订版）却把蜡梅写作“腊梅”，显然是错了。日本小学馆出版

▲ 蜡梅之一

的《国语大辞典》说蜡梅原产中国，也称“唐梅”“南京梅”，是江户时代经朝鲜而传入日本的。

在冬末春初就可见黄黄的花朵绽放。下雪天看蜡梅是很平常的事。小的时候在家乡就经常可以见到蜡梅。可惜那时没有照相机，那种寒风凛冽中看到的蜡梅景象，只能留在淡淡的记忆之中。

在东京留学的第三年，我搬到了离成城大学较近的一处公寓——祖师谷留学生会馆，开始了紧张的学习。从宿舍到学校，骑自行车 10 分钟就到了。每天来往于宿舍、学校、图书馆。半年过去了，还不知道宿舍楼周围都是什么场所。有一天下起了大雪，忽然想出去看看周围的雪景，便提着相机，从宿舍楼背后信步走去。

眼前的景色使我十分吃惊，原来这里是一个非常美丽的公园，

▲ 蜡梅之二

眼前是一片小树林，这些树正是蜡梅，黄色的小花在纷纷雪花中显得十分灿烂。树林后面是一面斜坡，一直通向下面的一条小河。坡上是空旷的草坪，远处有一座红色的欧式小屋，在静静的飞雪中，轻轻走在草坪上，只听得自己的脚下踏着积雪的声音，仿佛一首轻快的舞曲。

▲ 蜡梅之三

▲ 留学生会馆旁边的祖师谷公园

我站在河边，站了许久，一直凝望着白色原野中明净的小河，静静地流向远方。

这个季节，公园里没有别的花，只有蜡梅在静悄悄地开放……

在这里，人们都习惯了按着钟点的生活规律。尤其是又要打工又要读书的我，在日程表里是没有所谓赏花的时间的。所以常常会在落英缤纷时节，才感到花开时光已过，才感到人在逐渐老去……

后来，我开始时常光顾这个小小的公园，知道这个公园叫祖师谷公园。不论是春暖花开，还是秋风落叶，坐在草坪上读书，自有一种图书馆所没有的心境，即使是躺在草坪上发呆，望着天上的云朵轻轻飘过，或者看着周围的儿童在公园里嬉戏，也可以让紧张的心情得到放松。

白　梅

在日本较常见的是白梅，我想这可能是因为白梅开放时，有

▲ 白梅

▲ 小田原的梅林

些像樱花，对于喜欢樱花的日本人来说，白梅看起来似乎更有味道一点。在东京的皇居，如果从北面竹桥附近的平川门进去，首先就是一片梅林，几乎都是白梅。初春时节，梅花开得很艳，赏花的人不少。

梅花最多的地方是在小田原。那里有好几处梅林，都是一望无际的树林，梅花开放的时节，看起来也颇为壮观。在日本，观梅与赏樱是完全不同的境界。樱花是日本的国花，深受日本人民喜爱，所以，一到樱花开放的时候，男女老少都会成群结队地到

▲小田原的白梅

一些樱花集中的地区赏樱。所谓赏樱，现在主要是在樱花树下玩乐，带着很多吃的、喝的，少则四五人，多则十几人以至几十人，在樱花树下铺开塑料布，大家聚会在一起喝酒聊天，又唱又跳。甚至彻夜狂欢。在樱花树下，你可以看到日本人性格的另一面。平常他们都很安静，走在路上急匆匆的，似乎根本就没有什么闲情逸致。而到了樱花下面，他们就会尽情地玩乐。日本人常说樱花是“一瞬的生命”。由于花期短暂（通常只有一星期左右），他们就十分珍惜这短暂的时光，有的人也常常以此自励，要让短暂的生命焕发出光辉。

但是梅花，有与樱花完全不同的性格。梅花天生就有一种傲然不屈的精神。因为她开在寒冷的时节，在百花未放之时，一枝独放，所以又有一种孤寂之美。梅花的花期长，不是那种“一瞬的生命”。梅花“绝不媚俗”的特点更显得十分突出。

后乐园的梅

我有较长时间住在日中会馆的后乐寮，旁边就是一个名叫“后乐园”的著名庭园。说起来，这个庭园跟中国关系十分密切。明末清初，中国著名文人朱舜水流亡到日本，深受江户时代幕府德川家的敬重，后来就常住在日本。德川光国想在东京修建一个庭园，请朱舜水帮他设计，朱舜水就按中国江南园林的风格，为他设计了一座富有文人雅趣的园林，1668 年最后完成了这个庭园。园内高低假山，曲水环

▲ 后乐园的梅

▲后乐园梅林小径

流，湖心小岛，小桥、亭阁，竟使小小的庭园景点无限，朱舜水又以范仲淹的名句“先天下之忧而忧，后天下之乐而乐”之意，给小园取名“后乐”。如今，后乐园已是东京“六大名园”之一，成为市内著名景点。

后乐园中的梅林在松林后面，一直延伸到小小的斜坡上。这里的梅花是最有特色的，也许是因为梅树不像小田原那样为数众多，园林工人可以精心地剪枝、修整。所以，每到梅花盛开时，你会看到梅树虬枝屈曲，好像都在舞蹈，枝梢的转折也富于弹性，每一枝梅都可入画，每一朵花都娇美动人。这时，不用说樱花，周围根本没有哪一种花开放，大部分树木都泛着青灰色的样子，只有梅花绽放着她的美艳之姿，确也令人怦然心动。对于身处异国之人来说，富于故国风味的此情此景，曾唤起多少回思乡之情。

粗茶淡饭与禅境

日本朋友井上常常领我去一些奇特的出人意料的地方。一次他神秘地对我说："你知道钓鱼台这个地方吗？"我说："北京的钓鱼台是中国的国宾馆呀，谁不知道。"他摇摇头说："不是北京的，而是东京的。"我不太相信，于是他就领我来到了位于东京市中心的一个叫作椿山庄的地方。这是个十分豪华的宾馆，室内的陈设确实是不同寻常，其中就有称作"钓鱼台"的中华餐厅。可以说这里在日本的中华料理中档次是最高的了。本地的日本人在这里举行结婚典礼，也是一种身份和地位的体现。

我们从前厅来到后园，从人工的瀑布下面的人行通道走过，仿佛进入了西游记里的水帘洞。沿着弯弯曲曲的小道，灿烂的红叶和碧绿的草坪映入眼底，在斜坡上面还有一座古色古香的三重塔。在小路的尽头，树丛中有一座简陋而破旧的茅草屋，使人感到好像是在什么地方见过的农家茅舍，跟前面大楼里面的华丽气氛形成强烈的对比。井上先生见我十分不解的样子，就告诉我这里其实是一个十分高雅的茶室，叫作长松亭。接着又讲了这样一个故事：20世纪70年代末，他作为一个日中友好团体的成员，参加了接待中国代表团的活动。那时，日方就在椿山庄招待了一个中国代表团，吃过饭后，日本人把客人领到了这个简陋的茶室里，请中国人欣赏日本的茶道。可是，客人们都心不在焉，甚至有不满的情绪，令主人很尴尬。在日本人看来，能在这儿的茶室招待贵宾，实在是很高级的待遇了。因为按照茶道的本意，最高的境界就是质朴、粗糙，不加修饰。换句话说，粗茶淡饭就是最高级的。

我笑着对井上先生说：“有人好不容易出了一趟国，谁不想尝尝国外的山珍海味什么的，你们却依然用粗茶淡饭来招待他们，这不是太令人失望了吗?”井上叹了口气说道：“要让外国人理解茶道是太难了。”

看起来，日本人一想到本国的文化，就自然地会想到茶道。而茶道确实也是日本最具有代表性的文化之一。

要是从历史上考证起来，用茶树叶泡水喝，也就是“喝茶”这件事，中国早在汉代就已经有记载了。中国古代把茶称为“荼”，最早对茶叶的利用是用来作药的。后来，佛教寺院的和尚们开始大量饮茶，和尚们成天要坐禅修行，很少从事体力劳动，而茶的特性则有促进肠胃活动的功效，因此喝茶便在僧人之中流行开来。受这种习惯的影响，南北朝以后，中国的贵族和文人之间也流行起喝茶来了。唐代以后更加兴盛，中国人把这一简单的饮茶活动，搞得颇富有诗意，那些高僧或文人墨客们一边喝茶，一边谈谈佛学或诗文。此外，还开始讲究起喝茶的用具，茶壶、茶碗之类的瓷器越来越讲究，特别是到了宋朝，士大夫文人之间斗茶成了一种十分风雅的事，他们互相攀比茶具是否高级，茶叶的色、味如何，以及泡制茶叶的技术等，形成了一套饮茶的风俗。在饮茶风俗的刺激下，中国的陶瓷业得到了极大发展。那些古代的高级陶瓷，大部分都是与饮茶有关的器具。但在中国的语汇中，没有出现“茶道”这个词。因为按中国的文人看来，饮茶这件事实在是微不足道的小事，作为儒生最重要的当然是治国平天下的大事，即使不做官，也是以诗书为头等大事，像书法、绘画之类，已被称为“诗之余”了，像饮茶之类的事，大约是“书画之余”了。

唐代后期，日本的遣唐使又把喝茶的习惯带到了日本。最初，跟中国一样，喝茶只是贵族们奢华生活的一种点缀。日本平安时代最初的茶道基本上就是在贵族生活范围内的饮茶活动。但后来，又从宋朝传入了较为完整的饮茶风俗，日本茶道就逐渐形成了。

由于佛教僧徒们有着饮茶的传统，长期以来，饮茶活动都与佛教有关，特别是禅宗的理论对茶道产生了重要的影响。到了室町时代，茶道开始在民间普及。1582 年，著名的将军丰臣秀吉统一了全日本，掌握了军政大权。丰臣秀吉十分喜欢茶道，他的茶道的老师就是著名的“千家茶道”创始人千利休。秀吉出生平凡，通过军事力量，夺取了权力。但他希望得到天皇的承认，尽管当时的天皇实际上已经成了傀儡。公元 1585 年，秀吉获得了天皇授予“关白”的官位，为此，他在宫内举行茶会，亲自为天皇点茶。千利休是这次茶会的指导。这次隆重的茶会也奠定了千利休作为茶人的崇高地位。

丰臣秀吉特别喜欢奢侈豪华的气氛。他搞过好多次大型茶会，让普通百姓也来参加茶会，从而使茶道广泛地普及于民间。秀吉用黄金制成茶室，喜欢黄金的茶具和各种高贵的道具，并经常向人炫耀他的茶具。而千利休与他相反，除了在很多形式上改革了传统茶道的繁琐程序外，更主张古朴简约，他认为过份奢侈的物品冲淡了茶道作为修行的本来意义。他用打鱼的竹篓来插花，用

▲ 绿树掩映的茶室

竹子做成放茶釜盖的墩，并且喜欢用形状不整齐的陶制茶具，这些简朴的东西，秀吉欣赏不了。而在当时，千利休在茶道上的名声远远超过了秀吉。秀吉就对千利休十分不满，终于找了个借口赐死千利休。千利休虽然死了，千家茶道却越来越发达，成了日本最大的茶道流派。

千利休在茶道上的贡献，首先在于他把茶道的境界与禅的境界联系起来，提高了茶道的文化价值。在千利休之前，茶道有十分繁琐的动作，千利休把它简化了。他说：“须知茶道之本不过是烧水点茶。”这句话简直就是禅宗大师那句名言的翻版。弟子问他茶道的秘诀是什么，他说：“夏天如何使茶室凉爽，冬天如何使茶室暖和，炭要放得利于烧水，茶要点得可口，这就是茶道的秘诀。”

千利休之后，千家茶道逐渐去掉了豪华的宴会，形成纯粹的喝茶。茶室里采用与禅有关的挂轴，不用金银等豪华的道具，追求淡泊、自然的气氛就成了茶道的主要倾向。

饮茶这件简单的事情，经过中国和日本两国长期的发展，成为了一种文化内涵十分丰富的活动，这在世界饮食业中，恐怕也是绝无仅有的。不过，经过了数百年的发展，优秀的茶人才领悟到了，茶道本来只不过是喝茶这样一件事，从而主张质朴、简素，越是粗茶淡饭，越是高雅之极。这大约也是一种返璞归真吧。

（原载《华风新闻》2000年2月21日）

庭园的天地

把人工建筑与自然风景相结合的艺术，即园林艺术，在中国很早的时候就受到重视，并形成了完整的建筑体系。在园林艺术中，庭园（或称庭院）又具有一定的独特性。因为要在一个庭园中表现出一定的自然布局，既是人工的，又要体现出自然的形态，是很费匠心的。日本的庭园，最初也是学习中国唐宋的园林布局，但后来他们更注重以小见大，在小小的庭园中体现一个大的世界。这可能也是受佛教思想的影响，把禅修观照的思想发扬到庭园艺术中了。因此，日本的庭园艺术与中国式的园林又有所不同，从中也可看出日本民族的一些特点。

京都庭园的建造

日本古代的历史时代的划分，往往以首都所在地来命名，比如奈良时代（710—794），就是天皇以奈良（平城京）作为首都的时期，后来迁都于平安京（京都），就开始了平安时代（794—

1192）。京都作为日本的首都，大约是在公元 793 年开始营建的，第二年，天皇迁都于此。京都的城市规划吸取了中国长安、洛阳的城市格局，注意街道东西南北的走向，十分整齐。同时，由于京都三面环山，又有贺茂川、桂川、宇治川、木津川等河流，这些丰富的自然条件，也使京都具备了建造庭园的条件。在平安时代前期，京都就利用自然的地势，建造了有名的神泉苑、冷泉院、淳和院、朱雀院等庭园。其中神泉苑作为天皇的御苑，占地面积很大，树林很多，又有丰富的泉水，因而得名。其中建立了不少楼阁殿堂，还有奇花异石，在桓武、平城、嵯峨三代天皇时期神泉苑达到极盛阶段，历史上有关记载不少。但在平安时代中期以后，苑就荒废了，成为祈雨的场所。

位于京都郊外北嵯峨的嵯峨院，建于 9 世纪初期，是嵯峨天皇的离宫，风景十分秀丽。天皇和皇后经常住在嵯峨院，842 年，天皇于嵯峨院驾崩。到了 876 年，清和天皇就把嵯峨院当作寺院，成了发展至今的大觉寺。从现存的遗迹来看，当时的嵯峨院依山傍水，院中有大泽池，北有朝原山、高雄山，东有广泽池，西与小仓山相对，南面则是开阔的嵯峨野，远处又与桂川和岚山相呼应，充分利用了借景、对景的原理，体现出园林艺术之美。清少纳言在著名的《枕草子》中就写道：“要说原野，当数嵯峨野。”说明自古以来，嵯峨野就是有名的风景名胜。今天我们能看到的大觉寺，比起当年的嵯峨院来范围要小得多，但多多少少还能体会出当时景观的特点。

鹿苑寺庭园

去过京都的人没有不知道美丽多姿的金阁寺的。这座有名的寺院就是以庭园建筑而闻名于世的。

大约在 14 世纪末，足利义满接收了西园寺出让的北山，这里本是山水景色优美的地方，以前是以雪景著称的。早在 13 世纪前半叶，就形成了西园寺一带的山庄建筑，主要有以本堂西园寺为中心，包括施弥药院、功德藏院、妙音堂、五大堂、成就心院、法水院、化水院、无量光院等的佛教建筑群。还有寝殿、钓殿等住宅建筑。那时贵族们的别墅、山庄以佛教建筑为中心的情况是十分常见的。西园寺山庄的特色在于有丰富的泉、瀑、池。而且还种了很多樱花，从这里的山上，还可以眺望京都全城。

义满时代，开始重点经营北山殿的建筑，包括舍利殿、护摩堂、忏法堂、法水院等佛教建筑及辰殿、公卿间、会所、天镜阁、拱北楼、看雪亭等。其中花的精力最多的要数舍利殿了，也就是后来被称为金阁的建筑。最初大约是 1398 年建成的，称作三重殿阁，或重重殿阁。由于殿阁的颜色是金色的，逐渐就被称为“金阁”了。金阁曾经是四面环水的。与北面的天镜阁、拱北楼相连。后来，天镜阁和拱北楼都毁坏了，金阁的后部便与陆地连接起来

▲ 远眺金阁寺

了。于是，一泓清水映照金阁就成了一道独特的风景。本来，北山的建筑群是以金阁为中心来布局的：北面有泉水流出，一直通向宽阔的水池，池中还有两三个小岛，据说义满有两艘涂上鲜艳色彩的船，常常与宾客朋友们一起泛舟于池中，观赏风景。由于金阁风景的名声流传，1408 年，连小松天皇也专程到这里来游玩，成为这个庭园的一件盛事。

金阁的第一层称作法水院，实际上，最初法水院与金阁不是同一建筑，但到了江户时代以后，开始把金阁的第一层称为“法水院”，主要是由于本来的法水院已经被毁的缘故。第二层称为“潮音洞”，里面供奉着观音菩萨。因为《观音经》上有“梵音海潮音”的文字，所以潮音也就象征着观音菩萨。第三层有后小松天皇写的“究竟顶”的匾额，所谓究竟顶，也就是指佛教的究竟天，意思是最高的天，里面供奉着阿弥陀三尊像及佛舍利。这样，金阁的上层为舍利殿，第二层为观音殿，前面有水池，象征着佛教极乐世界的七宝水池。但第一层则是住宅式的建筑，而且，从室町时代到江户时代，足利氏常在这里举行宴会，在水池里乘舟游览，流连歌咏，与佛教的气氛完全不同，是俗人的游乐形式。这似乎也反映了日本人对待佛教的一种观念。

▲ 金阁寺

足利义满把北山的山庄称作鹿苑寺。在义满死后，庭园就衰落了，后来改为了禅寺，仍称鹿苑寺。15 世纪后期，经过了“应仁之乱”，鹿苑寺的建筑毁坏殆尽，金阁是仅存的建筑。直到 1537 年左右，才开始修复金阁。但作为寺院仍无法恢复当初的规模了。1637 年，一位叫作凤林承章的住持在管理鹿苑寺时，十分热心地修理本寺的庭园。他本是一位茶道的专家，但他对庭园艺术也十分在行，由于他孜孜不倦的努力，不仅把金阁前面的水池清理干净，还整理了泉水的出口，到 1649 年，他还主持了对金阁大规模的修缮工程。

到江户时代初期，鹿苑寺还有金阁、不动堂、方丈、书院、小御堂、芳德屋敷、茶屋等建筑。金阁仍然是寺院的中心。然而到了 1950 年，金阁终于因火灾而全部烧毁了。金阁的烧失，使鹿苑寺庭园的中心失去，因而，重建金阁成了十分迫切的大事。1955 年，仿照足利义满时期的原貌重建了金碧辉煌的金阁，这对于金阁寺来说，也可以说是因祸得福了。

金阁寺最令人瞩目的当然是金碧辉映的金阁。虽然有不少人对此颇有非议，认为佛教的寺院应以朴素为美，然而，在后面山上的绿色树荫及前面水池的碧波映衬下，金阁确实体现出一种独特不凡的美来。仿佛明月映在深蓝的天空，无限的皎洁。日本古代曾吸取了中国的神仙思想，在庭园布局中讲究有水，有岛，表现神仙所居的蓬莱仙山等等，后来把佛教内容融入了山庄，更增添了一种神圣的意味。金阁则在色彩上把人工与自然、朴素与华丽这些本来对立的东西统一在一处景观之中，这可以说是日本式的一种美。

龙安寺庭园

中国古代的文人在很早的时候就有欣赏奇石的习惯，大约在六朝时代，人们对自然山水的关注见诸文字，有山水诗，还有山水画。对于大自然中的奇石，也充满了兴趣。到了唐代，白居易等诗人专门收集太湖石放在园中欣赏。这样的习惯随着唐宋文化对日本的传播而影响到了日本。

在日本庭园中，对沙和石进行特别的布置，形成了“枯山水”的风景。虽说是受宋代以来中国文人山水画的影响而产生，但比起中国的园林来，确有其独特之处。本来，庭园是对自然山水景物的模仿，人们在园中所见的小型的山水景色，甚至可以小到盆景，都可以想象出真实的大自然的雄奇山水来，然而“枯山水”差不多可以称作是抽象的山水画，把砂子和石头按一定的想象布置在庭中，普通的人恐怕不一定能直接联想起自然界有这样的山水景物，其中包涵着更多的哲学的理念。龙安寺就是这样一个典型的例子。

在龙安寺，最著名的莫过于石庭，在西源院方丈外的庭园里，

▲西源院的方丈

没有种一草一木，却铺满了白色的砂子，并有十四个大石头，砂子理出一些道道，仿佛是大海的波浪，黑色的石头宛如大海中的岛屿。要说砂中的石，倒也蛮有意思，看起来是毫不经意地分散在砂中的石头，仔细看来，很像动物，据说这是表现虎子渡海的典故。这是出自《汉书·刘琨传》的故事，刘琨任弘农太守时，由于施行仁政，人民生活富足而安定，没有盗贼，就连曾危害人民的老虎都纷纷渡海逃走。这是创建龙安寺的细川胜元自比刘琨。还有一种说法认为这些石头象征着十六罗汉，白色的砂子象征大海，这是表现罗汉渡海的情景。

▲ 龙安寺庭园

▼ 龙安寺庭园（局部）

著名作家志贺直哉认为，这个庭园象征着大海与岛屿，是通过小小的庭园体现出宏大的自然景观，这样以小见大，正是佛教的境界。

据说龙安寺庭园的设计者是室町时代有名的画家相阿弥。画家的想象力，往往来自艺术的灵感，这个庭园也正如一幅淡泊的水墨画一样。然而，也有人不同意志贺直哉的说法，而认为龙安寺的庭园是考虑到本寺特定环境的气氛而建的。由于周围的树木葱郁，大殿内也是光线较暗，于是，在这个小小的庭园内，为了造成比较明亮的气氛，就完全采用了白色的砂子来布置，当然，光是细砂，也未免太单调了，于是就要配上些大石头。这样，在四周光线较暗的情况下，到了这里，豁然开朗，仿佛是峰回路转，柳暗花明。只是到了后来，才产生了许多关于石头的传说，如认为石头是虎子渡海等等。这样的解释虽说也太缺乏浪漫色彩了，但也不能说没有道理，所以，到底这个石庭表现的是什么意思，暂时还说不清楚。龙安寺因为有这样的庭园，使它声名远扬，越来越多的观光客专程来到这个枯山水跟前静坐发呆。

西芳寺庭园

位于京都西京区的西芳寺，又称苔寺，以庭园而著称于世，这里的庭园是镰仓时代高僧梦窗国师所作的。在梦窗国师来到此寺时，上段与下段分别为不同的寺院。下段的寺院本是净土式的庭园，梦窗改造了它的池泉，又在池边建立了一些殿堂及桥梁。现在梦窗所建的建筑物都已不存了，根据记载，大约现存金刚池南侧的琉璃殿还保留着一些当时的痕迹。梦窗还在上段建了枯山水，组成三段枯泉，鲤鱼跃龙门的故事，因而称为龙门瀑。后来足利义满、足利义政都喜欢西芳寺的庭园，他们分别吸取了西芳寺的特点，而建造了金阁寺、银阁寺的庭园。所以现在的金阁寺、银阁寺的殿堂与园池配置与西芳寺也有很多相近之处。

从横跨于西芳寺川上的邀月桥过去，经众妙门而进入寺内，在朴素的总门上有一块“洪隐山”匾额。再入内经过“西芳精舍”的匾额，就能见到长满青苔的小路。沿着这静谧的小路，确有一种超凡脱俗之感。

这里的庭园上段正是梦窗所作的枯山水庭园。说起这个庭园，还有两个禅宗的故事。据说唐中期有一个称作南阳慧忠的禅僧，唐代宗十分欣赏他，打算为他建一个无缝塔，就问他，将来把塔建在什么地方，怎样建比较好。慧忠说："等我死后，你去问我的弟子耽源吧。"到了慧忠圆寂的时候，代宗问耽源这件事，耽源出示了一谒："湘之南，潭之北，中有黄金充一国，无影树下合同船，琉璃殿上无知识。"实际上，湘南谭北是指武汉一带，自古以来是湿润的地区。黄金之国就是指黄土。无影树是暗示佛经里所描绘的净土世界的七宝树，能自身发光，所以无影。合同船，就是指划向阴间的船，琉璃殿是指净土世界的宫殿。耽源表达了慧忠和尚不希望用华丽的碑石来记载什么名声，死了不过是到另一个世界而已。

梦窗和尚则因此在西芳寺下段庭园中造出了琉璃殿，在殿上还有水晶的宝塔——无缝塔。水池则称为黄金池。后代又建立了茶亭，称为湘南亭、潭北亭。

与慧忠大体同时的还有一位著名禅僧是江西的马祖。当时马祖与佛学大家亮座主对谈。亮座主以心为经论的基础，而马祖则以虚空来解释。亮座主豁然顿悟，就把学生们解散了，到洪州的山中隐居了起来。过了很多年，有一个姓熊的秀才来到了洪州的山中，正当他艰难跋涉的时候，忽然看见一块盘石上坐着一个穿着树叶编成的衣服的老人。秀才心里叫道："亮座主"，老人伸手向东指了指，熊秀才向东探望时，老人便消失了。这时下起了小雨，地下都被雨淋湿了，只有老人坐过的石头一点也没有湿。熊秀才在那里徘徊了很久，十分懊悔，看来是缘分未到，见到了也等于没见。

根据这个故事，在西芳寺的西侧到北侧的山坡地带做出了枯山水，称作"洪隐山"。有一个小亭叫作指东庵，上有梦窗手书"指东"的匾额，其西侧有坐禅石。这一段石山路十分陡峭，象征着禅修道路的不易。上段的庭园非常肃穆、幽静，有一种神秘的气氛。

桂离宫

位于京都市右京区的桂离宫最初是在庆长年间（1596—1614）的八条宫家别墅，这个地方属于后阳成天皇的弟弟智仁亲王的领地下桂乡范畴。智仁亲王八岁时成为丰臣秀吉的养子，后来丰臣秀吉有了自已亲生的儿子，就解除了养子关系。其后，智仁亲王开始营建八条宫家。据说最初的建筑只不过是两三座草庵，到了元和六年（1620）开始营建了茶屋。宽永年间（1624—

▲ 桂离宫松琴亭

1643）完成了第一期工程，建起了古书院、松琴亭、竹林亭等。这些建筑总称为瓜田茶屋。其后，宽永十八年（1642）第二代智忠亲王亲自指挥了二期工程，这时完成了中书院等建筑。到明历年间（1655—1658），茶屋达五座之多。

桂离宫的建筑大多采用高地基式，所以从亭阁内向外眺望池面风景，形成俯视的视角，沿着石子路走向池边，一路的景致随着不同的位置，显示出各不相同的感受。小桥也有宽有窄，给人不同的体验。沿着山路上到最高处，就是庭园的赏花亭，从这里可以俯视园中的水池和远景，自有一种登高怀远之感。池的南面有笑意轩，从这里回看池中央的绿树掩映的园林堂等亭阁山石，水上小木桥与之相连，充满画意，充分体现出对景、借景的趣味。

桂离宫的中心是三座书院，表明了庭园主人高尚的情趣和修养。书院前临水池，水池中分布着两三个岛屿，这些岛屿都有小桥与岸边相连，岛上还建有茶亭，池东面有松琴亭，池中岛上有赏花亭、

▲桂离宫一角（远处建筑为书院）

园林堂，包括池南面有笑意轩，这些亭堂的配置充满雅趣。沿水池的环游小路曲径通幽，其间各种树木，随着季节的变换而呈现出不同的景致。桂离宫的小径的制作也是非常用心的，有的用小石子铺出，有的则用大石块相连，有的是土路，特别是石块的颜色与形状的变化，时时给人以不同的感受。各座殿堂亭阁的建筑也充分利用借景、对景的原理，从不同的角度，可以看出不同的景观，如月波楼的窗户可看到对面的中岛及松琴亭一带的景致，仿佛是在画中。而在园中，清晨与黄昏，春夏秋冬四季的交替，阴晴的变化都有着不同的景色。据说在明月升起的夜间，桂离宫的景色是最美的。

▲ 桂离宫一侧（从笑意轩回望园林堂）

大德寺大仙院庭园

位于京都北区紫野的大德寺，是以庭园而著称的，其中的大仙院、瑞峰院、高桐院都有名庭。大仙院是大德寺第十七代古岳宗旦开创的。永正十年（1513）建起了方丈，大约在这个时候，古岳禅师自己建造了庭园。古岳禅师死后，他的弟子驴雪在《古岳和尚道行记》中记录了禅师在修禅之余，喜好收集怪石，做成山水小景的事迹。

大仙院庭园从书院东向北转折用巨大的石头表现出远山和悬崖的景色。在其后则表现由泉水形成的飞瀑，由峻峭的山崖而迸落瀑布，形成水涡，然后，到了有堰坝的地方，水流变缓，形成大河，向南流去，这一切都是用砂石表现的，也就是所谓“枯山水”的意境。由三段构成，上段表现瀑布的称作“龙门瀑”，其次表现河流，第三段则表现舟石，即在砂子象征的水面上用石头表现行船。水中还用石头表现龟岛、鹤岛。远景的石头较小，近景的石头较大。树林也是这样，近景的树木较大，远景中的树木则通过剪枝处理，显得很小。这样的布局形式，是受到室町时代从中国传入的水墨山水画的影响，而把二度空间的山水画用三度空

▶大德寺大仙院枯山水之一

▲ 大德寺大仙院枯山水之二

间的手法再现出来，可以说是立体的山水画。由于这个庭园的中心是石，也称作观音石、不动石。

大仙院的石庭沿着中心的书院环绕，如果按顺时针顺序来看，先是看到表现苍茫的大海中点点岛屿的宏大场面，然后是峻峭的山峰与瀑布，最后如近景的河岸。可说是由远及近的风景。如果反过来，按逆时针方向看去，则好像由乡间走向世界，场面越来越宽广。还有人认为，这是象征着人生：从小生活在一个小小的环境，长大了逐渐走向广阔的世界。现在的庭园中的路径标识，是按后一种顺序的。或许是今天的管理者理想的方向吧。

东京的名园

在古代相当长的一段时期，日本的首都在奈良和京都，直到江户时代，才把首都移到了东京（当时叫江户城）。所以，古代有名的庭园大多在京都一带，东京的庭园相对来说不那么有名，但确实有一些颇有特色的庭园，在日本全国40座著名庭园中，东京只有三座，它们是位于文京区的六义园和后乐园，以及位于港区的滨离宫。

1. 六义园

位于东京文京区的六义园，是由德川五代将军纲吉的仆人柳泽吉保所建，由于得到将军封授的江户郊区地段，他花了七年岁月，于元禄十三年（1700）建成的别庄庭园。

▲六义园一角（水中小岛即蓬莱岛）（武琼芳　摄）

△ 六义园之秋

吉保把它称作六义园。六义一词本出自中国古代对《诗经》的评价，认为诗有六义，即“风、雅、颂、赋、比、兴”。这一思想被日本古典文学接受，在日本古代的诗歌集《古今集》中，也采用了“六义”的说法。之所以把这个庭园称作“六义园”，还因为在这个庭园中，把八十八种景观都用《万叶集》《古今集》中的诗来命名，并用石标刻出文字，表明造园者对诗歌的爱好与修养。现在，六义园中还有相当一部分石标保存了下来。

现在的六义园只有当初的三分之一。不过，在日本东北地区也算是十分难得的名园了，因为日本绝大多数有名的庭园都在京都、奈良一带，东京有这样一个具有传统精神的庭园也很不容易。六义园是以一个很大的水池为中心的，水中配置了三个小岛，使池水显得很曲折蜿蜒。特别是北面的大中岛，把水池分割开。从南面向池中望去，中岛上的两座山，右侧的高一点称为“背山”，左侧小一点的称为“妹山”，背妹山（意为兄妹山）的说法据说来自和歌山县的传说，也是日本传统神话中的故事。在大中岛与西岸之间，又有一个小小的石山露出水面，称为蓬莱岛。在日本文化中常常混杂着中国传统的神仙思想与日本的神仙传说。

在园池的周围设置了曲折的石子通道，便于游人回游观览。

▶六义园冬景

繁茂的树木，幽深的山间小径，时隐时现的小桥及亭阁，使园中的景致显得无限丰富。池岸及池中的石山，都是从全国各地收集来的名石，大约是当时各地诸侯作为供品送到东京来的。在北面大中岛的山顶，称为藤代卡，在这里可以俯瞰全园，并且还可以向园外眺望。据说天气好的时候，往东北方可以看到筑波山，往西南方可以看到富士山。不过随着城市的发展，六义园周围耸立着高楼大厦，也不可能远眺富士山了。

2. 小石川后乐园

小石川后乐园位于东京都文京区，在地铁后乐园站和饭田桥站之间，外面是十分热闹的游乐场所“Tokyo Doom”，而在这个小小的公园内却仿佛是另外一个世界。

宽永六年（1629），三代将军德川家光把这一块地赐给了水户藩的德川赖房，赖房开始在这里建立新的住宅。赖房的常住地是接近江户城外濠的地方，称作内园，另有外园是专门作为庭园来

▲ 后乐园秋色

▲ 后乐园冬景

经营的，这就是后乐园。后来德川光国听取了流亡于日本的中国文人朱舜水的意见，于 1668 年最后完成的这个庭园。朱舜水是明末中国的著名儒学家，后来长住日本。他根据范仲淹散文《岳阳楼记》里的名句“先天下之忧而忧，后天下之乐而乐”，将这个庭园命名为后乐园。

后乐园的布局大体是以水池为中心的，池中有岛，名蓬莱岛，这是取自中国古代神仙传说。沿池边向北，渡过泉水，这里有一片开阔地，有苍苍的松树，再往北，有一片梅林，西侧的山脚下还有竹林。这里的松、竹、梅正是表现中国古代文人所推崇的“岁寒三友”。这里的建筑有涵德亭、得仁堂、八卦堂等，光从这名称上，就体现出浓厚的中国文化气息。最有意思的是西边的大堰川，还仿照西湖的景致造出了“西湖堤”，就像是缩微景观一样，把西湖的风光再现出来。

后乐园之美，要数春秋两季。春天，樱花盛开时，碧绿的水池映着艳丽的樱花，仿佛在云霞中一样。秋天，红叶烂漫，特别是水池南部的树林，都像经过舞台的灯光布置似的，这时人们来到园中散步，常有一种远离尘世之感。

（原载《华风新闻》2000 年 10 月 18 日、10 月 25 日、11 月 1 日）

▲ 岩崎旧庭园屋顶的枯山水

补记：2018 年，我应邀到筑波大学作学术交流。筑波大学的八木春生教授特意安排我在六本木附近的国际文化会馆住了两天。这里曾是岩崎家族的庭园。会馆的大楼就紧贴着庭园而建。一座现代建筑放在一个传统的庭园里，会是怎样的气氛？我带着好奇，在清晨的阳光下从会馆的地下层进入庭园。其实这个庭园的面积很小，但令人惊异的是一进入庭园，仿佛就进入了一个别样的世界。庭园中央是一个小水池，水池中安置了一些大大小小的石头，其中心的两块石头，从远处看好像是一只大乌龟。水池的左侧是假山，假山垒得很高，足以挡住外面闹市的高楼，即使是登上山头，也会由于树木荫郁而显得与世隔绝。当我从假山上回头看会馆的大楼时，使我吃惊得不由叫出了声。原来在楼顶部的平台上是用石子铺出的枯山水，仿佛是一个过渡，把现代建筑与对面有着浓郁树木的假山有机地连接在了一起。岩崎家的庭园在日本来说算不上特别著名。但从这个小小的庭园中，使我感受到一种传统文化的发展，并不在于永久地保持着某种被默认的形态，而是要在保持传统精神的同时不断地适应新的时代。传统必须要继承，不懂得传统也就无法在创新中取得好的成果，但继承是为了发展，而不是静止地保持它的原貌。

神道与神社

神道的起源

在过年或有什么重大节日活动时，日本人总不免有两个去处，一个是寺院，一个是神社。在日本，除了有众多的寺院以外，遍布于全国各地的神社，也成了日本较有特色的景观。这些众多的神社到底供奉的是什么神？它们都有什么来历？

说起日本的神道，恐怕连日本人自己也说不清楚，日本是一个多神信仰的民族，日本的神道中，大体包括三大类：一类是民间形成的神的崇拜，一类是对天皇崇拜所产生的神道，其三是由神道教派产生的有一定宗教组织的信仰。

1. 民间神灵

日本的神灵，有的是从原始社会以来就形成的神话传说中的神，也有的是后来在民间创造出来的神。在日本文化发展的历史中，一方面保持了非常原始的自然崇拜，一方面，在受到中国儒家思想影响的同时，也受到了佛教思想的强烈影响。这些都形成了日本人比较特别的神灵崇拜思想。原始崇拜是来自对自然界的巨大力量产生的恐惧而形成的自然神崇拜，如对天、地、日、月的崇拜等。而儒家思想强调对祖先的崇拜，再加上佛教的轮回思想，认为人死后有灵，就形成了对祖先、对灵魂的崇拜。在日本的很多文献中有关灵魂的记载，可以说数不胜数。

据有关神道的研究，日本各地民间所祭祀的神主要有以下几种情况：一是有权威的人物，人们相信他们死后仍然有某种力量。比如《东游记》一书中记载了古代肥后地区（今熊本县）的藩主细川越中守死后，当地的人们一直把写有他名字的牌子当作护身符来用。

其二是人死后，特别是冤死者的灵魂据说很厉害，人们相信它能保佑人们。如古信州（今长野县）有一位叫助弥的青年，为了揭发地方官对农民的横征暴敛，带头到当时的首都江户上告，结果却被处以死刑。当地百姓为他建立神祠祭祀，称为天神社。

其三是救助的神灵。有的人死前发誓要救助某些病痛，死后他就能显灵救助别人。据《耳袋》一书的记载，在淡路岛有一个人长期受痔疮的痛苦，死前发誓他死后的灵魂一定要让世上的人免受痔疮之苦。后来人们为他建立了白云神社，远近闻名。此外还有关于痨病、虫牙等疾病的神社。

其四是有关修行入定的人，死后有了灵验，人们建立神社祭祀。

2. 天皇崇拜

对天皇的崇拜，一是来自对天皇自古以来神性的信仰，即认为天皇是天授神权，代表着天神的意志，这当然来自古代天皇的历史传说。在古代，日本人民确实是把天皇当作神来供奉的，据过去宫中的有关记载，即使是那些仅仅为天皇做饭、递送衣服的人，他们随时都要把手洗得干干净净，唯恐不恭敬。到了冬天，也要赤脚来回奔忙，古代没有暖气设备，天气寒冷又要不断洗手，手冻得裂开是很常见的事。而每到天皇出巡，人们得见天皇，简直有如见到天神一样激动。日本古代著名的儒学家藤原星窝就在他一篇有名的文章中写道：“天子是万民的父母，他给人民带来粮食，带来房屋居住，带来衣物，他知道人民的疾苦。……”这可以说代表了古代日本人对天皇“神性”的认识。

所以，直到今天，很多人对天皇仍然十分崇拜。外国人对日本这个现代化高度发达的国家，仍然保持这样的皇权崇拜感到不可思议。而这正是日本的民族性之一。宫城县的菊地市郎右卫门家，明治九年（1876）时，明治天皇路过那里，曾在他家休息过，后来他们家就把天皇坐过的地方设置了祭祀所用的镜饼，并挂上天皇的画像，每天礼拜。类似的例子数不胜数。不仅个人，各个地方也常常把天皇巡幸过的地方神化。于是，各地很多与天皇有关联的事迹，便成了进行神道活动的项目之一。

3. 各神道教派的信仰

由于自古以来日本就有多神崇拜，到了近代，各种各样的神数也数不清，明治维新以后，日本政府对神道进行了整顿，首先是把神道与佛教明确地分开。以前很多神往往与佛教的佛、菩萨等混在一起，搞不清是外来的佛还是本土的神。后来神与佛有了明确的区分，这样就把佛教的僧侣与神道教团区分开了。明治九年（1876），政府公认有13种神道教团的存在，就是所谓神道十三派。现在各地的神道组织，大体都属于这十三派中的某一派。十三派包括：

（1）黑住教，教祖为黑住宗忠，教典有《黑住教教典》等，崇拜的神是天照大神。

（2）神道修成派，教祖为新田邦光，教典有《修成教典》等。

(3) 出云大社教，教祖为千家尊福，教典有《大道要义》等，崇奉的神是大国主大神。

(4) 扶桑教，教祖为野半，教典有《扶桑教立教大义》《富士信导记》等，崇奉的神是造化三神。

(5) 实行教，教祖为柴田花守，教典有《神道实行教》《本教大基》等，崇奉的神是富士山灵。

(6) 大成教，教祖为平山省斋，教典有《本教真诀》《修道真法》等，崇奉的神是天御中主神。

(7) 神习教，教祖为芳村正秉，教典有《宇宙之精神》《惟神道问答》等，崇奉的神是天御中主神。

(8) 御岳教，教祖是下山应助，教典有《御岳教教典》《御岳教信仰规范》等，崇奉的神是御岳大神、觉明·普宽灵神。

(9) 神理教，教祖是佐野经彦，教典有《神理学入门》《产须根神考》等，崇奉的神是天御中主神。

(10) 禊教，教祖为井上正铁，教典有《神道唯一问答书》等，崇奉的神是国常立命天御中主神。

(11) 金光教，教祖为川手文治郎，教典有《金光大神》《金光教典》等，崇奉的神是天地金乃神。

(12) 天理教，教祖为中山みき，教典有《天理教教典》等，崇奉的神是天理王命神。

以上12种神教加上神道本局，形成了13个神道教派。这些神道的形成大体有三种情况：一是创建于农村的神道，如天理教、金光教、黑住教等；一是由山岳信仰而形成的，如实行教、扶桑教等；一是由某种神道或宗教的派系而形成的，如神道修成派大成教等。其中山岳信仰是由原始自然崇拜而来的神道思想，如实行教对富士山神的崇拜等。有意思的是，一些农村产生的神教主要是对创始者——教祖的崇拜。

黑住教的创始者黑住宗忠1780年出生于备前国御野郡的上中野村，青年时代以前，没有什么出众之处，据说他是在24岁时在伊势参宫决定了对天照大神的崇拜。1813年，在他的双亲去世一年后，他患了肺结核，按当时的情况来看，无疑是得了绝症，没有治好的可能了。1815年，他病情恶化，他发誓将来死后要变成神，为世上的人治病。就在他不断地礼拜天照大神（太阳神）时，奇迹发生了，本来医治无望的他气色越来越好，到了三月，彻底痊愈了。他说：在他每日礼拜太阳时，感到了身心的完全统一，那一天，他忽然感到明亮的太阳跃入了自己的胸中，一时太阳与自己融为一体，一种玲珑透澈的气息充满了全身。从此，他认为自己是太阳神的化身，开始宣扬他的教义。

其他教派的创始者也大都有一些类似的奇迹，这样人就被神格化了，即把现世的人当作神来崇拜，日本专家把这种现象称作“活着的神”的信仰。这可以说是日本神道的一大特色。

形形色色的神社

数不清日本到底有多少神社，从偏僻的山村、海角到繁华的都市我们随处都可以看到神社，通常神社的大门类似中国的牌坊，但简化成了只剩下两根柱子撑起一根横木，称作“鸟居”。神社里供奉着的神则是与神道的信仰及各地传统与风俗有关，各种各样。而有不少神社则是为了满足人们的某些愿望而形成的特别的神，反映了日本神道的实用性。以下介绍一些颇有特色的神社。

1. 祭祀粮食之神：伏见稻荷神社

在日本稻荷神社无处不在，据说全国各地至少也有 5 万多社。稻荷神社供奉的是粮食之神，是与太阳神、水神同样最古老的自然神之一。日本古代称作“宇迦之御魂大神”也写作“仓稻魂命”。“宇迦”是食物的意思，也可以理解作稻的精灵。在京都伏见区的稻荷神社，由五社组成，分别为：下社（中央座），供奉宇迦之御魂大神；中社（北座），供奉猿田彦神；上社（南座），供奉大宫壳神（天照大神的侍女）；田中社（最北座），供奉田中大神；四大神社（最南座），供奉四大神。这五社合起来称为“稻荷五社大明神”。早在8世纪，就有了每年二月七日，稻荷神降临稻

▲ 稻荷神社（大阪府玉津）（简佩琦　摄）

荷山的传说，后来京都的稻荷山由贵族秦氏世代主祭，随着秦氏政治力量和财力的壮大，又建立了著名的教王护国寺（东寺），稻荷神则成了该寺的守护神，神道与佛教结合了起来。以后的稻荷神社在全国普及开来，人们祈求五谷丰收，是一年当中不可缺少的活动。稻荷神社还供奉着一个狐狸，那是稻荷大神的神使，它口中叼着一个宝珠，称作火焰宝珠。通常稻荷神社都把鸟居漆成大红色，这也是表现火焰的。据说是类似灶神崇拜的思想。

▲ 稻荷神社中的狐狸（简佩琦　摄）

2. 祭祀酒神的神社：梅宫大社

在京都右京区有一座梅宫神社，神社前面的一块石标柱上刻着“日本第一酒造祖神”。据传说，古代大若子神娶了大山祇神的女儿——美丽的木花佐久夜毗壳（即酒解子神）为妻，才一夜交欢就怀了孕，大若子神怀疑不是自己的孩子，夜毗壳对他发誓说：“如果是别的神的孩子的话，出产不顺，如果是你的孩子，应该幸福。”于是大若子神令人做了一个没有门的土屋子，四壁都不透风，里面升起火来，夜毗壳顺利生下了三个儿子，分别叫火照命、须势理命、火远理命，称为三柱神。夜毗壳在她父亲大山祇神的皇子诞生时，用稻谷酿造了酒作为贺礼。这是最早用谷物酿酒，人们把其父称作酒解神，把她称作酒解子神。

另外，由于解酒子神夜毗壳的故事还有顺利生产的意义，人们盼望顺利生孩子，也到这里来祈愿。据说檀林皇后为生不出孩子发愁时，就去梅宫大社祈愿，不久就在神社的白砂神殿铺下御床，生下了太子（仁明天皇），从此，人们更相信梅宫神社可以保佑人们安产。

3. 日本最早的夫妻神社：多贺神社

多贺神社的本社在滋贺县，现在全国各县都有两三社。这个神社供奉的是伊装诺尊和伊装冉尊这一对夫妇神。据说，最初结婚时，还不知道男女交合的行为，是看到鸟的交尾行为才受到启发的。伊装诺最初与伊装冉相爱时，伊装冉感叹道：“真是好男子啊！”于是他们初次交合，生下了儿子蛭子神，却不幸是个跛子。他们就去问天神，天神说：“女人先说话不行。”于是，接下来做爱的时候伊装诺说道：“多好的女子啊！”他们顺利地生下了水神、土神、谷神等。后来，在火神出生之时，伊装冉被火烧死，去了黄泉国。伊装诺十分想念妻子，就去黄泉国找她。可是，伊装冉的面容已经变得十分可怕，伊装诺受到惊吓，奔逃而回。伊装冉感到过意不去，最后生下了天照大神、月读尊、素盏鸣尊这三贵子。可以说伊装诺和伊装冉夫妇是众神的父母。

人们来多贺神社祈求家庭平安和幸福，还有祈求长寿的。据说丰臣秀吉为了求得母亲的病得到治愈，向多贺神社敬献了一万石。宽永年间（1624—1644）将军又献纳了三十万两，把神社改建一新。元正天皇曾接受了神社的饭勺，用这个饭勺来吃饭后，据说各处的病都消除了。后来多贺神社就制作一种匙，称作多贺柄子，成为了一种特产，来这里参拜的人们常常要买这样的柄子带回去。

4. 供奉美女的神社：江岛神社

从新宿乘小田急线，约一个小时左右就可到达美丽的江之岛。这是位于相模湾的一个小岛，东与名胜古迹镰仓相望，是著名的旅游胜地。自古以来，就是东京远郊的游览胜地，在江户时代的浮世绘中也经常可见《参访江之岛》题材的画面。在这个岛上有

▲ 浮世绘《参访江之岛》

▲ 江岛神社

▲ 江岛神社中津宫

一个辩天神社，供奉着称作辩才天的神。在江岛神社的宝物殿里安置着该神社的主神辩才天，她是一个怀抱琵琶、坐在岩石上的裸体美女。辩才天最初本是佛教的天部众神之一，梵文称作“萨罗萨伐底”，意思是妙音天，是主智慧、雄辩之神。《金光明经》中说，她是《金光明经》信仰者的保护神，是一切世间的母亲，又是胜利之神。在日本常常把她与宇贺神一起作为夫妇神来信仰。室町时代（1336—1573）以后，辩才天又成了带来财富的七福神之一。根据宗教流派的不同，辩才天有六臂的，也有两臂的。两臂的通常是怀抱琵琶的姿势。现在辩天神社已成了年轻恋人或夫妇参拜的对象。据说，如果青年男女手挽手的话，会引起辩才天的嫉妒，所以至今在参拜这个神社时，夫妇或恋人决不能手挽着手。

5. 祭祀怨灵的神社：御灵神社

在京都，著名的御灵神社有 4 社，而在镰仓至少也有 17 社。日本自古以来就有祭祀怨灵的习俗。据说那些冤死的鬼魂由于怨气很大，常常会带来很多灾难或疫病，所以就要为他们专门建神社来祭祀。

大约在延历年间（8 世纪末期），桓武天皇的皇太子早良亲王由于受到藤原继种事件的牵连而被监禁，后来在发配到淡路岛的途中，绝食而死。因为担心早良亲王的冤魂作祟，天皇就追赠太子为崇道天皇，并于800年在京都建立了御灵神社，这是最早的御灵神社。与通常神社的祭祀活动在春秋两季不同，御灵神社只在夏季祭祀，那时，人们戴着假面边舞边走，同时还要推出装饰华丽的山车，来回巡游，也称作“祇园祭”或“天王祭”，是规模很大的祭祀活动。

6.皇室的祖庙：伊势神宫

伊势神宫的本部在三重县伊势市，分为内宫与外宫，内宫在馆町，称为皇大神宫，外宫在山田原，称丰受大神宫。在全国各地建的神明社，与它是同一体系，是日本最流行的神社之一。皇大神宫，供奉的是日本天皇之祖天照大神，称作天照坐皇御神。因此，可以说伊势神宫就是皇室的祖庙。外宫所供奉的丰受大神是天照大神的御馔都神，也就是主管五谷生产衣食住的守护神。日本的史书记载，从公元前3世纪，天皇就开始祭祀伊势神宫的活动了。后来，逐渐形成了每二十年迁宫一次的习惯，也就是每隔二十年就要重建一次神宫。自古以来，对伊势神宫的祭祀都是十分隆重而庄严的，因而在全国各地都纷纷建立明神社，也同样供奉天照大神，以及内外宫里的其他众神。地方的明神社通常前面冠以地名，如江户明神社、神田明神社等。

7. 祭祀防火之神：秋叶神社

每年的霜月（七月）十六七日，都要在秋叶神社举行防火的祭祀，佛教禅宗的和尚们从黄昏开始围着一大盆火念经，边念经边把写有防火咒语的札投入火中，火一直烧着，直到完全成为灰烬，然后在灰烬中找出防火之札，拿到寺院中供奉起来。

它的来源最初是远江国（今静冈县）的秋叶山。据说有一个和尚是信浓国（今长野县）人，因为他母亲念观音而生下了他，所以六七岁时他就出家了，后来到了越后国（今新泻县）古志郡的藏王堂下属的三尺坊作了坊主。他修了不动三昧之法，当七日满愿的时候，在烧香的火焰中，他像鸟一样长出了翅膀，自由地飞行。于是他一直飞到了远州的秋叶山，人们听到空中传来这样的声音："走遍各国，普度众生。"据说在 809 年和 1292 年 8 月 8 日，他两次化现于人间。永享年间（1429—1441）他再次化现人间，圆通寺的大明和尚受到感通，得到了他传授的防火之法，于是开始了防火的信仰。

对于三尺坊的信仰，一是火难，一是剑难，一是水难。对于普通的日本人来说，这三种灾难中火灾是最常见，也是最可怕的，所以，现在人们祭祀三尺坊基本上都是祈求避免火灾的。

江户时代，由于火灾经常发生，人们对秋叶山三尺坊的信仰激增，各地都建立了不少秋叶神社，或者刻出“秋叶山大权现”的石碑，至今在 JR 山手线还有秋叶原这一名称。明治年间（1868—1912），秋叶山的秋叶神社成为了秋叶本宫大社，每年的12月15—16日，人们到这里登山，参拜，并举行祭祀活动。

8. 爱情的神社：热田神宫、吾妻神社

在东京湾一带，祭祀日本武尊及其妃的神社即吾妻神社很多，这源于一个古老的传说。根据《古事记》的记载，日本武尊到甲斐、信浓、美浓等国巡视的时候，于尾张国爱上了国造的女儿美夜受比壳，并订立了婚约，打算在巡视返回来时与她结婚。日本武尊把自己的配剑草那艺剑作为信物存放在美夜受比壳那里，就踏上了征程。可是在征服伊吹山神的战斗中，他中了山神的毒气，生了病，终于在三重县的能褒野驾崩。美夜受比壳十分悲伤，就在热田这个地方建立了神社，把未婚夫留下的宝剑供奉在神社内，这就是热田神宫的起源。据说天智天皇七年（668），新罗国的和尚道行偷了神宫里的神剑，回国时，遇到了大风，他的船又漂回了难波湾。于是，道行被处死，神剑归还了神宫。

现在的热田神宫在名古屋市的热田区，供奉着天照大神、素盏鸣尊、日本武尊、宫箦媛命、稻建种命等五大神。号称是仅次于伊势神宫的传统大社。而在东京湾附近的吾妻神社则是庶民祭祀的地方，通常在一月七日有“世样神事”，五月一日有“乐舞神事”等活动，六月五日则是每年例行的大祭活动。

9. 祭祀树木的祖神：来宫神社

在热海有一处著名的神社，叫来宫神社，这里供奉的是大己贵命、五十猛命、日本武尊三神。除了来宫神社，在别的地方也有叫木宫、奇宫、季宫、黄宫的神社，实际上供奉的都是同样的神。据《日本书纪》的记载，素盏鸣尊被流放以后，与他的儿子五十猛命一起到了新罗。从牛头山降临时，五十猛命带着树木的种子。但是他们并没有种在新罗，一直到他们乘坐陶制的船到了日本，才把种子撒到大地，使日本的山丘和原野变成了绿色。于是五十猛命被尊为树的祖神，在各地建有神社祭祀。在和歌山有伊太曾神社，在小田原市还有纪伊神社，都是供奉树神五十猛命的。

10. 除虫牙的神社：羽黑神社

羽黑神社主要流行于东北地区，本社在山形县东田川郡黑町的初羽神社，供奉的是伊氏波神。神社雄据于羽黑山、月山和汤殿山之间，因此这三座山共称为羽黑三山或初羽三山。

据神社里的传说，由于圣德太子的劝告，蜂子皇子出家了，法号弘海，德号“能除”，意思是能消除人们的一切苦痛。大约在591年，弘海到了羽前国，由一只三尺多长的乌鸦引路，来到了羽黑山，在这里终于修成了正果，建立了羽黑总社，据说还镇守着东国三十三国。这三社中，羽黑大权现供奉的是伊波氏神，月山大权现供奉的是月读尊或说是伊装诺尊等。汤殿山大权现供奉的是大山祇命或说伊装冉尊等。三山的总神是羽黑彦神。在羽黑山顶还供奉着乌鸦神使，这个乌鸦有三足，表示三山。镰仓时期（1192—1333）羽黑神社十分兴旺，成为修验道的一个分支，社人及修验者多时达7000人以上。文政六年（1823）封能除皇子为“照见菩萨”，于是，羽黑神社大大地兴盛起来，据说各地寺社合起来达3782院之多。人们相信祀奉能除皇子，能消灾免害，因此，各地也建立起羽黑神社。在横滨有一个羽黑神社，据说就是对消除虫牙特别灵验。

11. 学业成功之神社：汤岛神社

在东京大学附近的汤岛，有一处特别的神社，称为汤岛天神，其中供奉的是学问之神菅原道真，其意义与中国的文庙相似。菅原道真是平安时代（794—1192）的重臣，也是一位学识渊博的学者，他受谗言而被贬官，郁郁死于异乡。据说他死时出现了慧星、打雷等神异现象，人们为了纪念他，把他当作天神供奉。由于他的学问很广博，被认为是天神信仰的文道大祖，是文学、诗歌、书道、艺能之神。东京的汤岛天神（天满宫）历史悠久，但这个神社几经灾难，多次被火烧掉，又不断重建。现在的汤岛神社是1996 年重建的。除了元旦前后的祭祀活动之外，每年二三月份，

▲汤岛神社

在汤岛的天满宫都要举行梅花节，这时也正是日本各大学举行招生考试的前夕，莘莘学子们为了求得考试成功，往往要到天满宫来参拜，希望能考上自己喜欢的那所大学，或者祈求自己学业顺利，取得学位。参拜的人往往要去抽签，预测自己的命运。另外还要买绘马，就是一种画有马的房子形木牌，在木牌上写上自己的愿望。如希望考上某某大学之类的愿望。然后把绘马挂在一个特定的位置。马的图案，取“马到成功”之意。每年这个时候，都会有成千上万个新写的绘马挂在这里。由于这个神社在东京都的中心区，又离东京大学等几所大学都很近，所以，前来参拜的人络绎不绝。

▲ 汤岛神社的绘马

洗澡那些事

在废墟中也要洗浴

日本人把洗澡称作“风吕（ふろ）”，可是这个词的意思与汉语中的“洗澡”实际上有很大的差别，因为“风吕”绝不仅仅是把身体洗净，对于日本人来说，它已经成为生活中必不可少的一部分，也可以说是日本最有特色的文化之一。在每天的电视广告中，温泉浴场的广告占有很大的比重，特别是旅行观光地，要是没有了温泉，就有点遗憾了。于是，各地的宾馆饭店为了吸引客人，无不在洗浴这件事上费尽心机。

有一幅 20 世纪 20 年代的照片，内容是在 1923 年关东大地震刚过，遍地都是震后以及随之而产生的火灾之后的废墟。据说这次地震死了 9 万多人，还有 4 万多人行踪不明，东京有一半以上的房屋化为焦土。然而，就在这露天的废墟中，一些妇女却利用地上仅有的一点水来沐浴。震灾后没有洗澡设备是可想而知的，然而，在这样的大灾难后，仍然把洗澡这件事看得如此重要，这恐怕除了日本之外，在世界上很难见到。在第二次世界大战刚结束后的东京，记者也拍下了人们在废墟中洗澡的情景，这时利用破墙遮挡，可算是临时的洗澡堂了。据记载，1942 年日本军侵略印度尼西亚，在进攻爪哇岛之前，在船上专门设了大浴池，供士兵们洗浴，称作净身上陆作战。在当时的照片上就可以看出士兵们满意的笑容。看来，洗浴这件事的确在日本人的心目中占有十分重要的地位。

入浴的心理

虽然自古以来，世界各地的人都有用水洗浴的习惯，然而，入浴这件事决不单纯是为了清洁卫生。比如说在柬埔寨这个地方，终年炎热，下雨就是唯一凉快的时候。过去，每到下雨的时候，妇女们就跑到大街上，把上身的衣服脱掉，让雨水冲洗身体。说明洗浴除了去除污垢以外，还包括一种身体的快感。而日本人对于入浴的爱好，则远远超出身体本身的需要。据说二战前一位日本官员到信州一带旅行，那时沿途公共浴场都是免费开放的。于是，他每见到温泉浴场，都要入浴，一天之内，入浴出浴达十数次，也不嫌麻烦。在日本的古文书里有“风吕驰走”这样的词，意思是“入浴的招待”，也就是准备好沐浴设施招待来客。在吃饭之前，请客人入浴，浴后身体爽快的时候，设酒宴愉快地吃喝，这样的待客是十分高级的。

据心理学家分析，人们对于入浴特别喜欢的另一个原因还在于入浴时，大家都全身裸露，有一种开放以至解放之感。自从人类进入文明社会以后，穿在身上的衣服就不单纯是为了保暖，而具有遮羞以及表现尊严、身份地位的作用。可以说，穿着衣服时，人就生活在一个社会环境中，无时无刻不受社会的各种制约，从而产生各种压力。而只有在入浴时，大家都成为了裸体，仿佛回到了原始时代，一切等级贵贱的身份差别看不出来了，于是，会产生一种放松的感觉。小孩在脱掉衣服沐浴时，大多非常高兴，大人其实也有同样的心理。

对沐浴的爱好，另一个原因可能是来自宗教。很多宗教都有清洁的讲究，如基督教有洗礼的仪式，佛教也有“沐浴斋戒”的说法。日本是个信奉佛教的国家，很多方面也受到了佛教的影响。此外，日本的神道思想中，也有在进行参拜之前沐浴净身的做法，称作“水垢离”。据说，要身心清净，所求的愿望才会实现。在日本的神社或寺院中，都设有“手水钵”，参拜的人在那里用小勺舀水洗脸洗手，或漱口。这个“手水”实际上是身体沐浴的一种象征形式。

在佛教里，很早以前就有给佛像洗浴的习惯，特别是佛的诞生日（4月8日）。据佛经上说，当佛诞生时，天上的九条龙降玉露为佛沐浴，称为“九龙灌顶”。后来，佛教寺院就在每年的这一天给佛像沐浴。不仅如此，寺院中还有“施浴”这种功德，就是为人们设置洗浴的条件，成为了与“施药救济”同样的功德之一。当然，首先僧侣们是要清净身体的了。中国古代的寺院也专门设

▲浮世绘画家鸟居清长《浴场》

有浴室，在日本则把寺院的浴室称为“寺汤”。据说，僧人入浴还有很多礼仪，称为“汤礼”。

在奈良还流传着光明皇后施“千人风吕”的故事。据说光明皇后十分崇信佛教，她曾施钱建立了不少有名的寺院，还造了一个大浴场，发愿要供一千人沐浴。不论僧俗贵贱都可以在那个浴场沐浴。在人数已满 999 人之后，来了一个蓬头垢面的乞丐，他身上发出难闻的气味，宫女们都躲得远远的，但光明皇后却十分亲切地为这个乞丐倒水沐浴，这个乞丐安然地洗浴。接着他指着身上的脓疮，让光明皇后用嘴为他吸出脓水来。皇后看到他身上已经溃烂的脓疮，心想他一定很难受吧，就用嘴给他一点一点地吸出恶脓。这时，那个乞丐突然身上放出金色的光来，升到了天空，原来他是东方阿閦佛，他告诉光明皇后：“你将来也会现出光明成佛的。”

这个故事虽然有点神话的意味，但一个皇后专门设浴场作供养，也可看出日本自古以来就把沐浴这件事看得很重要。在江户时代，寺院里设的“寺汤”通常都是免费的。

风吕的意义及发展

实际上，风吕二字，最早是写成“风炉”，后来就省写作“风吕”了（日语中“炉”与“吕”是同音的）。据日本的民俗学家研究，从风炉的构造来看，最初所说的风吕是指蒸汽浴，与我们通常的洗澡不同。所谓“石风吕”，最早是流行于濑户内海一带的蒸汽浴。石风吕只能一个人或很少的人入浴，后来，在城市里形成了町风吕，可以容纳更多的人。同时，也由蒸汽浴发展成了汤浴（热水浴）。但蒸汽浴并没有消失，与汤浴共存而形成了“户棚风吕”，这是在浴盆的下面加入少量的热水，利用热水产生的热气来进行蒸汽浴的形式。但是汤浴渐渐流行起来，各地称作“汤屋”的浴场渐渐地取代了过去的风吕。近代以来，随着各地温泉的被开发利用，人们对汤浴的兴趣更是越来越浓。可以说，日本温泉遍地这一独特的地理特征对日本人喜好沐浴起了推波助澜的作用。

洗浴由蒸汽浴阶段进入了水浴阶段以后，在城市里一种大规模的公共浴场就产生了，就是“钱汤”。“钱汤”最早产生于寺院。古代寺院里都有沐浴场，称作“大汤屋”，除了供僧侣们洗浴外，也对普通人开放，而且是免费的。后来，出于佛教的信仰，人们到了寺院入浴也不免要施一点钱，称作“汤钱”，渐渐地形成了收费的习惯。有的寺院除了大汤屋之外，还专门开设收费的浴场，因为要收汤钱，所以这种浴场就称为“钱汤”了。

大约在16世纪的末期，作为公共浴场的钱汤在大阪、东京等城市里正式营业了，而且规模越来越大，可以容很多人同时洗浴。钱汤与旅馆、饭店、茶屋一样成为各地旅行服务行业之一，洗澡跟吃饭一样成为了人们生活中不可缺少的内容。

在公共浴场钱汤产生后，很长的一段时期，浴场的形式是木制的浴池，热水仅仅漫过膝盖的高度，但浴室里三面都是密闭的，只有一面有门，而这一道小门则是上半部遮住，以免热气流失，人们要把腰弯得很低才能进去，里面则很暗，什么也看不清。这道门称作“石榴口”，所以，这种浴场就称作“石榴风吕”。这个名称据说是源于佛教的有关鬼子母的传说。据说过去鬼子母曾经把一千多人的孩子藏在钵中，因此，如果有能容千万人的地方，就与鬼子母有缘，成为了石榴口，就像石榴里面有很多子一样。也有人认为，最早是因为人们进入浴室时要弯着腰，弯曲得像蛇一样，因而称这个口为蛇食口，“蛇食”的读音在日语中与“石榴”读音相近，逐渐就叫成了“石榴口”了。

由于石榴风吕的形式，屋子里很暗，里面什么也看不见，人们进去时，常常擦着里面的人的身边坐下，所以，里面的人往往要咳嗽一声，或弄出点声音来，使对方知道。刚进去的人也常常要说声“对不起”之类，表示礼貌。江户时代后期，据说在浴室里有人被杀了，血流出来，别人坐在旁边也不知道；又有女人在里面生了孩子，流出很多血，直到有人闻到气味才发现；等等。到明治时期（1868—1912），出于卫生及安全的考虑，政府便下令让石榴风吕彻底改革，现在再也见不到那样的浴场了。

由蒸汽浴发展到了水浴，沐浴已经成为日本人生活中必不可少的项目了。这时产生了浴槽，人们把身体泡在浴槽里享受着热水带来的舒服，这就是水风吕。它区别于早期“石风吕”“釜风吕”的蒸汽浴。另外，用水浇在身上洗澡，称作“行水”。

不过，在水风吕中，人们入浴也不是向来就是裸体而入的。据说过去曾有很长一段时期人们都是穿着浴衣入浴的，浴衣是一种麻制的简便的衣服，就是现在日本人称作“ゆかた”的服装，当身体浸入水中时，就可以把浴衣松开，这样，身体下面泡在水里了，而从上面是看不着的。就避免了在别人面前呈露裸体。妇女的入浴，当然就更加注意了，通常要穿着一种称作“明衣”的浴衣，实际上与男人用的浴衣没有多大区别，都是比较宽松的麻布制浴衣。所以，过去浴衣只限于沐浴时穿，绝不能穿着浴衣出门的。

汤女风吕

17 世纪以来，由于浴场的生意并不十分好，钱汤的老板们开始雇汤女来为客人服务，她们主要是替客人倒水、擦垢等，在客人洗完后，还替客人送酒送茶等。据古代的文献记载，汤女们穿着红衣白裤，还要染齿描眉，打扮得十分可爱。当有身份的人光顾时，在洗澡的前后，她们都得帮助侍候，在客人洗完后，或者陪着客人下棋，或者为客人弹琴，或唱歌。

平安时代（794—1192）以来，在很多旅游的地方都有所谓“游女”，她们陪着达官贵人们游览风景，吟诗作赋。自从汤女兴起以后，“游女”的客人差不多都被汤女抢走了。汤女们活跃于各地的温泉和钱汤，成为了江户文化的一大景观。而且，产生了许多著名的汤女的故事。比如在江户时代丹前风吕有一位汤女叫胜山，她不仅长得很美，而且十分有才，她经常腰间别着一把木刀，背上背着斗笠，像一个侠客一样神出鬼没。

由于浴场有了汤女的服务，江户时代的武士们便经常光顾浴场，于是渐渐地，汤女的妓女化成了普遍的趋向。江户时代的统治者虽然多次下令禁止武士们去钱汤，但屡禁不止。同时，还常

▼浮世绘《出浴美人》

常取缔钱汤的汤女，但似乎也没有奏效。

男汤、女汤、男女混浴

过去，公共浴场还不太兴旺的时候，一家浴场往往按日期来分别男女入浴的时间，比如单日为男浴，双日为女浴。后来渐渐地这样的规矩被破坏了。男女同时入浴被默认了。很多学者认为，这主要还是当时汤女业的发达造成的。18 世纪晚期政府曾多次下令取消男女混浴，说明当时男女混浴的情况比较普遍。在较多的浴场是采用在浴槽中央水上部隔一块木板来分开男女的办法。但水下面则是相通的，而且也可以相互看见。到江户末期，政策较严厉时，浴场差不多都改成了这样的形式，直到明治时期。虽说是男女共同入浴，但实际上也可以说是分开的。

当然条件较好的浴场，则是分为男汤、女汤两部分，互不相干。不过男汤则产生了二层汤屋，也就是把原来的一层的浴场改成了二层楼，楼下是洗浴的地方，楼上则是客人们洗完后休息、喝茶、喝酒、玩乐的地方。于是，过去的汤女们就来到了二楼为客人服务，虽然政策不允许直接与客人入浴，但她们把入浴服务改为了浴后服务，倒也依旧兴旺。

有意思的是，还有一种称作“三助”的人。由于江户末期常常下令取消汤女，很多浴场只能雇年轻小伙子来店里帮忙。他们每天劈柴、烧水、搬重东西，干着很累的活儿。汤女取消后，他们还要为客人倒水、搓背、按摩等。但由于工作，他们也就可以进出于女子浴场，于是，也就产生了很多色情的故事。所以“三助”这个词在日语中，就有了另外一层含意。汤女与三助的产生，使江户时代沐浴文化具有浓厚的色情意味。

现代入浴的规矩

到钱汤或温泉这样的公共浴场，必须讲究入浴的规矩。具体说来首先是在进入共浴的水池之前，应该先洗干净身体，称作“下汤”，下汤本是指洗身体的下部，因为，一般的人都会觉得下身是比较脏的。据世田谷区的调查，在未洗之前，人体每一厘米就有 10 至 20 万个细菌。所以进入共浴水池之前，先洗净身体是最起码的规矩。其次，在传统的钱汤里，通常是没有像淋浴那样的喷头的，人们洗身体是用一个小桶舀水倒在身上，称作“跳汤”。由于很多人都在一个大屋子里洗，“跳汤”就得注意周围的人，要尽量用最低的姿势倒水。特别是头上抹了香波，身上打了香皂时，尤其容易影响到别人。第三，用来搓澡的毛巾不应该放进浴池中。第四，在浴池中洗发或洗脸不卫生，是要被制止的。第五，酒醉以后或生病时入浴很危险，还会影响别人，也要禁止。

由于现代家庭中都有洗澡的设施，青少年们逐渐不懂得公共浴场的规矩了。据说一些中学生到钱汤去洗浴时，不知道该怎么办，有的人光顾自己冲水，不顾周围的人，使一些地方不得不专门定出了详细的入浴制度。

从“钱汤”到“内汤”

从江户时代起，钱汤就成为了日本人日常沐浴的场所。但事实上日本人过去并不是每天都洗澡。据江户时代的历史资料，那个时代，一般人大约每月洗四五次澡，一星期洗两次的就算是较多的了。随着近代社会的发展，日本人爱清洁的习惯也越来越强烈。而造成钱汤极度发达的还是第二次世界大战后的 40 年代到 60 年代。那时，因为战败，日本的燃料严重不足，因此，普通人家用煤和煤气限制得很严，要在自己的家里烧水洗澡简直是太奢侈了，所以，公共浴场钱汤得以大大发展。在二战刚结束时，东京的钱汤仅 700 家，而到了 1968 年统计时，已达 2600 多家，平均每年增加约 100 家。

到 50 年代后期，公共住宅楼房大量兴建，这种新的住房，大多都设置了浴缸，并且用新兴的陶制浴缸代替了旧式的木制浴桶，使人们对在家洗浴产生了一种新的感觉，同时用煤气烧水和用电烧水的设备不断有更实用更方便的新产品推出，于是人们用不着到拥挤的公共浴场，就能体会到入浴的快乐，而且在卫生方面更是十分放心，因此，喜欢在家入浴的人越来越多了。在家的浴池称作“内汤”。20 世纪 80 年代以后，内汤取代钱汤逐渐形成了不

▲ 东京的大江户温泉人气很旺

▲ 温泉内部一角

▲ 温泉里的足浴

可抗拒的趋势。1997 年东京千代田区的调查表明，该区仅剩下四家钱汤了，而其中完全保持过去那种格局的仅一家而已，其他的都依附于高层建筑之下。据说，现在日本的大学生中，去过钱汤的几乎没有。

这样的状况，使那些热心于日本风吕文化的人们十分担忧：到底钱汤会不会消失。

温泉风吕的兴起

尽管钱汤那样的公共浴场越来越萧条，但温泉却在不断吸引着更多的爱好者。最近，在对小学生旅行希望的调查中，大部分的答卷表明想去的是“有塌塌米和露天风吕的旅馆”。在日本人看来，温泉实在是充满一种“极乐”气氛的场所。不论是年轻人还是老年人，说起最舒畅的享受，总会联想到温泉。于是各地方的旅馆及旅游机构也就费尽心机地开发和创设各种各样的温泉旅游项目。那些著名风景点的宾馆几乎都有温泉浴场，大部分还是露天温泉。

其实大城市里也并不是没有温泉，但一提起温泉，就令人想起位于较偏僻的山中，面对着树木丛生的自然环境，一种旅行的浪漫情调油然而生。于是在日本的名胜中就少不了温泉的胜地，如江户后期的《诸国温泉功能鉴》就记载了大关上州草津汤、小结信州诹访汤、相州足之汤、陆奥岳之汤、仙台成子汤等。以前，去这些温泉，往往要跋山涉水，走过很曲折的道路。有的温泉，没有向导的话，根本就找不到。尽管如此，人们仍是那样热心于温泉旅游。如今，道路与交通工具非常便利，不论是什么温泉，都不存在难找的问题了，而温泉那种独特的新奇感、极乐感仍然吸引着越来越多的人。在山顶或半山腰，在自然的岩石与树之间，泡在露天温泉中，仰望蓝蓝的天空，暂时把城市的喧闹忘却，确有一种回归自然之感，不过，要是没有现代化的宾馆，使客人住宿时免受蚊虫和苍蝇的侵扰，恐怕也不会令人这么兴味盎然吧。

温泉吸引人的第二个条件是，据说有很多“特效”。在日本，能不能叫作温泉是有法律规定的，比如对温度的规定，就是必须在25℃以上，才能称作温泉。另外就是所含物质的量，法律规定最少必含有19种微量元素，才能叫温泉。而且对含量也有具体的限度，如在1公斤水中，含硫黄1毫克，含重炭酸素340毫克等等。要是含的各种元素较丰富，就会请一些著名的医学专家们来调查，并写出温泉效能书，证明温泉沐浴对人体多么有益。于是我们就会看到各处的温泉都写着本地温泉能治怎样的病症等等。

看过川端康成的小说《雪国》的人，一定还记得在新泻的汤泽温泉这个距东京较近的大型温泉发生的故事。那个时代，主人公乘火车经过长距离的颠簸，来到这个雪国的温泉，与艺人驹子相遇，从而产生感情的纠葛。由此，温泉这个独特的场所，它给人的不仅仅是洗浴身体，更是一种快乐气氛的品味，还包含着诸如饮酒、美食以及浪漫爱情等丰富的内容。这样，温泉便具有了浓厚的日本文化色彩。最近在大城市周边新建了一些温泉，就是有意保存那种传统的文化氛围，给人们提供从洗浴到饮食游乐的全方位服务，因此十分兴旺。

在传统钱汤式微的同时，温泉却在急速地变得热门起来，这种两极的发展，反映了日本沐浴文化在新时代的特点，由于过分在乎清洁，人们抛弃了传统的钱汤，以“内汤”来解决日常沐浴的问题。然而，自古以来的那种认为沐浴是极乐境界的思想依然存在，这份对沐浴的酷爱之情，便转移到了现代温泉上。在露天温泉中，大多是可以男女混浴的，这是日本的温泉法不禁止的。当然都必须穿游泳服，好像在游泳池一样，这也算是古代混浴的一种革新的形式吧。

（原载《华风新闻》2000年7月5日、12日、19日）

“飞鸟美人”今何在

——日本高松塚壁画的发现与保护

据日本有关媒体报道：日本文化厅最近在东京召开的高松塚古坟壁画永久保存对策讨论会上，决定在 2008 年 5 月底公开展示包括“飞鸟美人”在内的国宝壁画。这将是高松塚古坟壁画首次对公众开放。

高松塚，曾经是日本人最引以为豪的考古大发现。日本潮湿多雨，古代壁画是很难保存下来的，而高松塚为日本飞鸟时代（7—8 世纪）之作，距今已有一千多年，十分难得，而且壁画发现之初，色彩艳丽，令人叹为观止。可以说是日本国宝中之国宝。自从高松塚发现之后，日本文物管理部门就对这个小小的墓室进行了大规模的封闭式保护，只有极少数专家可以看到原作，而且也不能进入墓室，只是从通向墓室的一个小孔观察。就这样号称是采用最先进的手段作为国宝来进行保护的高松塚却在近些年不断地出现了问题：先是发现有水渗漏，后来发现在壁画颜料层出现了微生物，到2005年正式公布了壁画大面积发霉变色的严重问题，并采取紧急措施，进行抢救。经过两年来的抢救工作，似乎是有些成效了，但比起1972年刚发现时的照片，壁画明显地出现了褪色、变色和脱落。那么，这牵动着成千上万日本人心的高松塚，到底是怎么回事？

高松塚的来历

高松塚位于奈良县明日香村。在高松塚古坟发现以前，这个

▲ 高松塚外景（1969年）

村已发现了不少古墓，如牵牛子塚、岩屋山古坟、中尾山古坟等。不过奈良本来就是一个历史悠久的地方，就像中国的西安、洛阳一样，古迹到处都是，所以明日香村也算不上是有名的地方。大约在1960年前后，当地的一位农民曾在紧靠着后来发现的高松塚附近挖了一个直径60厘米左右的菜窖，用以贮藏芋头和生姜之类。但他发现这个菜窖下面的石头是方方正正的，显然是人工凿过的痕迹。但他也不在意，只是把这种奇怪的事情跟人讲过。那以后又过去了十年左右，明日香村的另一位农民在高松塚的南侧挖竹笋时，发现似乎有洞穴，他想可能是一个古坟。这件事虽然在当地传开了，却仍没有太引人重视。

1972年3月，当地旅游部门的一个职员无意间跟当时奈良橿原考古研究所的人讲起了那个农民发现的事情，引起了考古所的工作人员纲干善教的关注。纲干当时在龙谷大学跟随考古学家末永雅雄教授学习考古学，于是，他们向末永先生（时任橿原考古研究所所长）汇报了这些情况，了解了具体情况之后，末永雅雄就率领学生们正式开始了发掘工作。发掘进行了三周后，大体摸清了墓葬的位置和形状。那天，纲干从清理出的盗洞口向里仔细观察，发现里面像是云雾遮着的太阳形象，忍不住惊叫起来：

“壁画，有壁画呀！”同学们都争着来看，发现里面还有不少红红绿绿的壁画，“啊，是人物，男人和妇女，好漂亮的衣服啊！”于是大家都沉浸在惊喜之中。

当时，负责发掘工作的末永教授正好到东京开会，工作暂时由纲干负责，纲干向末永教授汇报了发现壁画的情况，富有考古经验的末永雅雄教授要求纲干注意几点：一是要马上联系警察对现场进行保护，让工作队的人员昼夜轮流值班，另外要组织摄影人员参加接下来的工作。第二天，考古调查和摄影工作有条不紊地进行，发掘组夜以继日地工作，于3月25日结束了发掘工作。当天就向文化厅文化财保护审议会报告了考古调查的情况。26日末永教授正式向迫不急待的记者们介绍了这次考古发掘的成果。一时间，高松塚壁画成为了日本媒体关注的话题，被认为是可以与法隆寺壁画相媲美的壁画杰作。随后，韩国和美国的媒体也加以报道，可以说引起了世界的关注。第二年高松塚被日本政府列为“特别史迹”。1974年，高松塚壁画被认定为“国宝”。明日香村也因此成为日本人普遍关注的地方，在高松塚旁边建起了绘画馆，里面展示高松塚考古发现的文物以及壁画临摹品，成千上万的人来这里观光旅游。

一千年前的精美壁画

在明日香村的高取山南麓的缓坡下，有一片茂密的竹林，高松塚古坟位于这片竹林下，是一个风水很理想的位置。

高松塚古坟的外观是座直径约 18 米，高约 5 米的小圆丘。墓室是一个长方形的小室，长 2.655 米，宽 1.035 米，高 1.134 米。在石室的南面有一个盗洞，说明墓室内的物件曾经被盗。考古学家推测，被盗的时间大约是镰仓时期（1185—1333）。大部分陪葬物都被盗走了，但仍然遗留了一些珍贵的文物，如墓中的棺木，

▲ 高松塚古坟内部

是用 2 厘米厚的杉木组合成形，然后在上面贴上布，加以漆髹，并镶嵌金箔而制成的，十分精致华丽，虽经千年以上，木材已经损坏，但装饰的金属雕饰仍很完整。还有一件银制的刀饰，显然盗墓贼把刀偷走时，没注意却把刀上的装饰物弄掉了，我们才得以看到这件精美的刀饰。出土物中最振奋人心的还有一面直径 16.8 厘米的铜镜，铜镜的纹样是中国唐代较流行的一种海兽葡萄纹。据研究发现，海兽葡萄纹样与西安发现的唐代高级官员独孤思贞墓中出土的铜镜为同一个铸型。后来的 X 射线检测说明，这面铜镜与正仓院等地保存的由唐代传来的唐代铜镜所含成分是一致的，说明它也是唐朝制的。联系起西安唐墓的时代（独孤思贞卒于 697 年），学者们推测在公元 702 年日本曾派有遣唐使，703 年回国，那么，高松塚古坟中的铜镜极有可能就是 703 年由遣唐使带到日本来的，这样，对于这座古坟的时代就有了一个上限的依据。由此，还有学者推测，高松塚的墓主人有可能是与遣唐使有关系的高层官员。

这几件文物后来都被列为重要文化财产了。此外，墓中还有一些被弄散了的人骨，通过这些骨骼的分析鉴定，可知死者是 50 岁左右的男性。

▲高松塚出土的葡萄海兽纹镜

墓室的精美壁画是最令人瞩目的了。壁画是在石壁上先刷上了一层约5毫米厚的石灰，然后在其上作画的。最初四壁及顶部都有壁画，但南壁已经看不见了，所以现存的壁画只有四面，东西两壁上绘有男女群像以及日、月、青龙和白虎，北壁绘有玄武，天花板上是以金箔表现的星辰。东西两壁的结构相同，都是绘男女群像各一组，每组有四人，男像在南侧，女像在北侧。在东壁中央画青龙和蓬莱山，上面绘出云与太阳。西壁中央是白虎和蓬莱山，上面画云与月亮。北壁画玄武。墓室顶部绘出星辰。

东壁所绘的太阳用金箔装饰，西壁绘的月亮则用银箔装饰。墓顶的星宿也用了金箔，星宿之间以红线相连。但是，贴了金箔和银箔的地方壁画往往出现剥落。

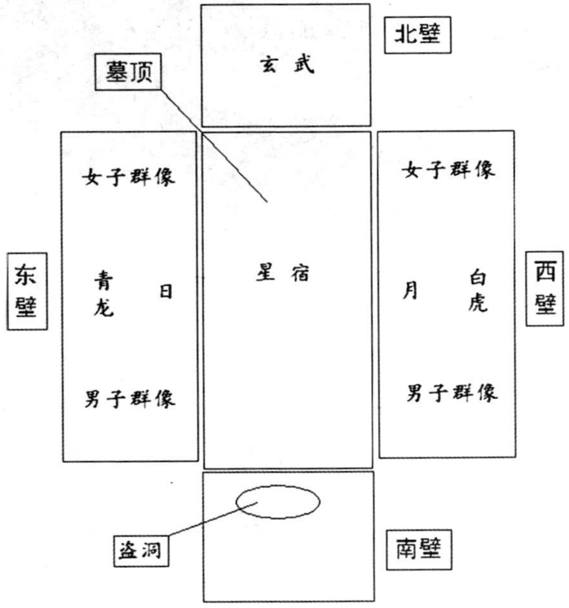

▲ 墓室壁画分布示意图

以青龙、白虎、朱雀、玄武四神来分别象征东、西、南、北四个方位，这是中国古代的传统观念，在汉唐以来的墓葬中出现很多，包括墓室中画日、月、星宿，都是从中国传入的习惯。高松塚的时代，正处于日本不断地派出遣唐使，努力学习中国文化的高潮，墓室壁画的格局学习中国方式，这是很自然的。

▲ 高松塚古坟东壁——青龙

▲ 高松塚古坟北壁——玄武

▲ 高松塚古坟西壁——白虎

壁画中的人物共四组，分布在东西两壁，其中西壁北侧的女人群像保存得最好。她们都穿着华丽的上衣和间色长裙，前面一人穿黄色上衣，手持绿色的的纨扇，她身后一人穿浅绿色上衣，系红色腰带，裙子与前一人同样为红绿黄三色相间的长裙，有绿色的腰带。中间的两人都穿深绿色长裙，一人穿红色上衣，另一人为黄色上衣。四人都好像在向前款款而行，神情平静而含蓄。穿红衣的女子正转过身来面向旁边绿衣女子，好像正要说话的样子。鲜艳的服装色彩映衬着她们微呈红润的面庞，显得美丽而温婉。这些美女的形象第一次展现在日本人面前的时候，曾引起极大的反响，因为是飞鸟时代的人物，所以被称作“飞鸟美人”。在后来建起的高松塚绘画馆中，还根据专家的研究，按壁画上服装的样子和飞鸟时代流行的丝织品形式，制作了一个仿真的“飞鸟美人”。

西壁南侧的男子像面部已经看不清了，但身体形象基本保存完好，他们都手中持物，其中一人手持胡床，这是很有意思的内容。中国汉唐时代的人都是席地而坐的，但在南北朝时代，受到外来文化的影响，开始有坐于较高坐具，两腿下垂的坐姿。首先影响了汉民族坐姿的就是胡床。胡床其实就是可折叠的凳子，魏晋南北朝时，多为僧侣使用，因为传自外国，而被称为“胡床”，从南北朝到隋唐时代，中国的士大夫阶层也常常使用胡床，在南北朝到唐代的墓室壁画中，就时常可见。日本直到今天也保留着唐代中国人席地而坐的习惯，而在壁画里出现胡

▲ 高松塚古坟西壁女子像（局部）

床，也正是受到当时中国士大夫习惯的影响，外出时提上胡床，到合适之处，随时可以坐下，这在当时的日本也算是十分时髦的事吧。

东壁的人物与西壁相对应绘出，人物服饰基本一致。但东壁南侧的男子中有一人头上部可见伞盖的形象，显然是身份极高的人物。

保护工程的波折

高松塚壁画墓的发现，引起了日本政府相关部门的高度重视，人们都认为这是日本最古老、最精美、最珍贵的壁画。当时就请了前田青邨、平山郁夫等著名画家，进行临摹复制，前后用了两年半时间才完成。然后，在墓葬原址建立起一个小型的绘画馆，展示墓葬发掘物（复制品）和壁画临摹品。把高松塚周围的环境加以规划，建成一个国家的历史公园，供游人参观。当然，参观者只能参观临摹品，而不能看到原壁。

怎样保护高松塚的壁画，是当时日本的文物界面临的新问题。在高松塚刚发现的那几年，日本派专家到意大利、法国去学习和了解欧洲保护壁画的经验。实际上，那个年代，法国的文物保护专家也正在为拉斯科洞穴壁画的保护伤透脑筋。拉斯科洞穴最初发现时，由于是天然洞穴，也就作为旅游点开放了。但游客不断增长，对壁画的损害也不断加强，后

▲高松塚古坟东壁男子群像

来只好停止对外开放。因此，法国方面的经验教训也对日本的文物保护产生了影响。对于高松塚的保护方案也有好几种，比如有人提议把壁画全部取出来，放在博物馆内来保护。最后文化厅决定在原址进行保护。经过了几年时间，把壁画中各种危害都排除了之后，就采取了全封闭的办法，按墓室出土的原始状态，温度11℃—17℃，湿度95%的状况，一直保持恒温恒湿。这样，在墓室旁边就专门建了一个机房，一直监测和控制着墓室内的空气和温度。实际上就是用一个较复杂的大空调机器昼夜不停地开动，

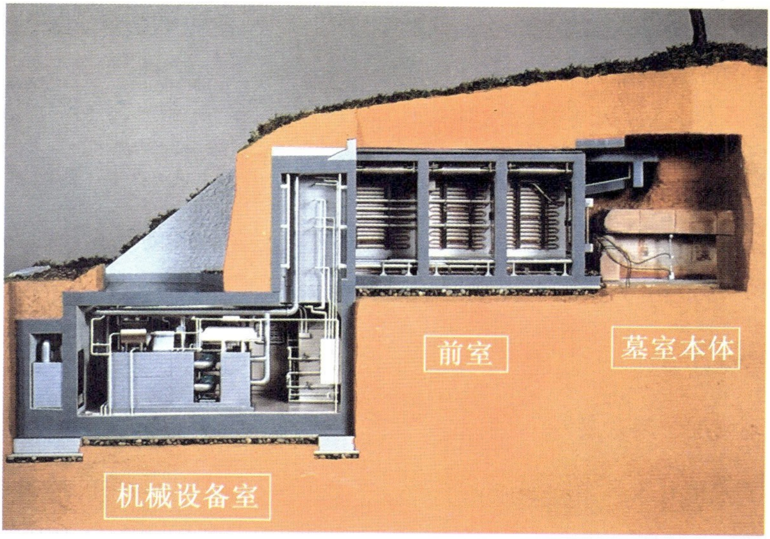

▲ 高松塚内保护设施剖面示意图

▲ 高松塚出现病害的部分壁画

以维护墓室的温度和空气湿度。到 20 世纪 80 年代后期，高松塚壁画的情况就基本稳定了，大约每半年有一次正规的检测，到了 90 年代后期，大约一年才有一次正规的检测。但从 2001 年开始就不断发现新问题，先是由于周边环境雨水的渗漏，引起湿度急剧增加，后来又发现了微生物，有关部门采取了很多办法，但似乎效果并不显著。壁画越来越明显地出现了霉变和脱落的情况，引起了学术界和政府的高度重视。2003 年 3 月召开了“国宝高松塚古坟壁画紧急保存对策检讨会”，并成立了“国宝高松塚古坟壁画紧急保存对策检讨会作业部”，对墓室壁画进行紧急调查。当年6月，向文化厅提交了研究对策报告书。此后，一边对壁画进行紧急维修，一边进行对策研究。2004年改为“国宝高松塚古坟壁画永久保存对策检讨会”，提出了“永久保存”的理念。到2005年6月第四次“国宝高松塚古坟壁画永久保存对策检讨会”上，决定对高松塚采取“解体修复”的办法进行彻底的维修。这是一个十分复杂的工程，要把一个完整的高松塚墓室整个从山中挖出来，放在密封的库房中，然后把几个壁面分别拆开进行修复，修好以后再按原样组合，最后放在墓室原来所在的山里。这一浩繁的工程是2006年开始的，到2007年11月基本完成。

高松塚反映了文物保护面临的严峻现实

高松塚壁画出现严重病害的情况公布以后，引起了日本社会的震动，许多日本人担心再也见不到国宝“飞鸟美人”而痛哭失声。文物考古界对文化厅相关部门的管理提出了严厉的质疑。最初参加高松塚考古发掘工作的考古学家纲干善教也说，自从考古工作结束后，33年间就再也不能进墓室看看自己发掘过的壁画。

本以为由国家来进行保护会令人放心的，却没想到会出现这样严重病害。有关人士指出在对高松塚壁画墓的保管方面，文化厅存在着管理上的缺陷，高松塚在日本最初被定为“特别史迹”，后来又把壁画定为“国宝”，而在文化厅，“特别史迹”和“国宝”分别由两个部门管理，于是就出现了两个部门双重管理的情况。这对后来高松塚监测管理的松懈不无关系。在发现壁画病害前，管理人员竟对此前一年半时间的壁画变化情况完全不知。面对舆论的压力，日本文化厅宣布对相关的负责人进行减薪的处分，日本文部科学大臣小坂宪次和文化厅长官河合隼雄也表示自愿减薪以表道歉。

虽然日本文物管理部门采取了紧急措施，对高松塚壁画墓进行了大规模的抢救，据说是基本上控制了壁画的恶化，但给当今的文物保护工作留下了许多思考。日本号称世界上科技最先进的国家之一，对于这样一座国宝级的壁画墓，从一开始就采取了一套完整的保护措施，从壁画保护到开放旅游都是以全新的理念来进行的，但是似乎也阻挡不住文物本身的衰变和病害。若排除管理疏漏等问题，单纯从保护科学的角度来看，虽然高松塚采取了全封闭的保护，似乎万无一失了，但墓室毕竟在一座山脚下，周边自然环境的变化，并不是人力可以控制的。当周围大环境出现变化时，文物管理者似乎并没有意识到它是否会对文物有影响。另外，全封闭的保护方式是不是最好的办法，也是值得思索的。

日本高松塚的时代约为7世纪到8世纪初，中国是一个文物大国，7世纪以前的壁画墓多不胜数。但这些壁画墓的保存状况如何？会不会出现诸如霉变、脱落等问题？日本的经验教训也是值得我们参考的。

（原载《深圳特区报》2008年3月4日）